뱀에게 피어싱

.

HEBI NI PIERCE
by Hitomi Kanehara

Copyright ⓒ 2003 by Hitomi Kanehara
All rights reserved.
First published in Japan in 2003 by SHUEISHA Inc., Tokyo.
Korean translation rights in Republic of Korea arranged by SHUEISHA Inc.
through THE SAKAI AGENCY and ERIC YANG AGENCY.

이 도서의 국립중앙도서관 출판예정도서목록(CIP)은
서지정보유통지원시스템 홈페이지(http://seoji.nl.go.kr)와
국가자료공동목록시스템(http://www.nl.go.kr/kolisnet)에서 이용하실 수 있습니다.
(CIP제어번호: CIP2004001392)

뱀에게 피어싱

가네하라 히토미 소설 | 정유리 옮김

문학동네

"스플릿 텅(split tongue)이라고 알아?"

"뭐야 그게? 갈라진 혓바닥?"

"그래, 맞아. 뱀이나 도마뱀 같은 혓바닥. 인간도 그렇게 할 수 있다. 볼래?"

남자는 물고 있던 담배를 천천히 손에 옮겨들더니 혀를 쑥 내밀었다. 그의 혀는 정말로 뱀 혓바닥처럼 끝이 둘로 갈라져 있었다. 내가 넋을 잃고 그 혀를 들여다보자, 그는 오른쪽 혓바닥만 솜씨 좋게 움직여 두 가닥 혓바닥 사이에 담배를 끼워물었다.

"……끝내준다!"

이것이 나와 스플릿 텅과의 첫 만남.

"너도 신체 개조 한번 안 해볼래?"

남자의 말에 나는 나도 모르게 고개를 위아래로 끄덕였다.

스플릿 텅이란 주로 광적인 인간들이 하는, 그들 용어로 하자면 소위 신체 개조다. 먼저 혀에 피어싱을 해서 구멍을 점점 확장시킨다. 그리고 남은 혀의 끝부분을 덴탈 플로스나 낚싯줄로 묶는다. 마지막으로 그 부분을 메스나 면도칼로 잘라 스플릿 텅을 완성한다. 그가 친절하게 순서를 설명해주었다. 대부분의 사람들은 이런 방식으로 개조를 하지만 개중에는 피어스 없이 바로 메스를 들이대는 사람도 있다고 한다.

"그래도 괜찮아? 혀를 깨물면 죽기도 하잖아?"

그러자 뱀 혓바닥은 담담하게 말했다.

"고데기로 지져서 지혈을 하는 거지. 제일 빠른 방법이긴 한데, 그래도 역시 피어스를 쓰는 게 좋아. 시간은 오래 걸리지만 바로 칼을 들이대는 것보다 모양이 예쁘게 나오거든."

피가 줄줄 흐르는 혀에 뜨거운 고데기를 갖다대는 장면은 상상만 해도 팔에 소름이 돋았다. 지금 내 오른쪽 귀에는 0Ga의 피어스가 두 개, 왼쪽 귀에는 밑에서부터 0, 2, 4Ga의 피어스가 줄줄이 박혀 있다. 피어스의 사이즈는 '게이지'라는 단위로 표시하는데, 약자로 'Ga'라고 쓴다. 게이지의 숫

자가 작을수록 굵은 피어스다. 귀에 하는 피어스는 보통 16Ga에서 14Ga로, 굵기는 1.5밀리미터 정도. 0Ga 다음 단위는 00Ga, 이건 9.5밀리미터 정도. 이 이상이 되면 분수로 표시하는데, 1센티미터가 넘는다. 하지만 솔직히 00을 넘어가면 아프리카 어느 부족처럼 되어버려 더이상 보기 좋다거나 나쁘다거나 하는 차원의 이야기가 아니게 된다. 귀 피어스의 확장만 해도 꽤 아팠는데 혀 피어스의 확장이라니, 얼마나 아플지 상상이 안 된다.

처음에 16Ga 정도의 피어스를 하고 있던 나는 클럽에서 알게 된 두 살 연상인 에리의 00Ga에 반해 확장을 시작했다. "너무 멋지다!" 하고 띄워주자 그녀는 "이제 가는 것들은 쓸일 없어" 하며 내게 12에서 0까지의 피어스를 몇십 개나 줬다. 16에서 6 정도까지는 별 어려움 없이 확장할 수 있었다. 그러나 4에서 2, 2에서 0…… 이건 확장 그 자체. 구멍에는 피가 맺히고, 귓불은 빨갛게 부어오르고, 이삼 일 동안은 통증으로 온몸이 다 얼얼하다. 나도 '확장기는 절대 쓰지 않는다'는 에리의 신념을 따랐다. 결국 0을 하기까지 석 달이 걸렸다. 그리고 이제 나도 슬슬 00으로 옮겨가볼까, 하고 생각하던 참이었다. 그렇게 확장에 푹 빠져 있던 나는 스플릿 텅이야기를 한마디도 놓치지 않으려고 열심히 들었다. 남자도 그리 싫지 않은 눈치였다.

그리고 며칠 뒤, 나는 그 뱀 혓바닥 아마와 둘이서 Desire 라는 펑크풍의 가게에 갔다. 그 가게는 번화가 뒷길 지하에 있었는데, 들어서는 순간 제일 먼저 눈에 들어온 것은 노골적으로 확대된 여자 성기 사진이었다. 나풀나풀한 음순 부분에 피어스가 끼워져 있었다. 그밖에도 피어싱을 한 남성의 고환 사진, 문신 사진 등이 벽을 가득 채우고 있었다. 안으로 들어가니 보디 피어스나 액세서리 외에 채찍이나 인조 페니스 따위도 진열되어 있었다. 내 소감을 말하자면, 변태들이나 좋아할 만한 가게였다. 아마가 인기척을 내자 카운터 안쪽에서 머리 하나가 나타났다. 스킨헤드였다. 반짝거리는 뒤통수에는 몸을 둥글게 말고 있는 용 문신이 새겨져 있었다.

"여어 아마, 오랜만이야."

스물네다섯 정도 됐음직한 펑크 스타일의 남자.

"루이, 이쪽은 주인인 시바 씨. 시바 씨, 얘는 내 여자친구 예요."

분명히 말해 아마의 여자가 될 생각은 조금도 없었지만, 나는 아무 말 않고 시바 씨에게 인사를 했다.

"아, 그래? 귀여운 앨 건졌구나?"

다소 긴장해서 좀처럼 마음이 진정되지 않았다.

"오늘은 애 혀 좀 뚫으려구요."

"흠, 요즘은 갸르*들도 혀 피어싱을 하나보지?"

시바 씨는 신기하다는 듯 나를 쳐다보았다.

"갸르 아닌데요."

"얘도 스플릿 텅 하고 싶대요."

아마는 내 얘기는 들은 체도 않고 자기 말만 하더니 장난스럽게 웃었다. 언젠가 피어싱 가게에서 피어싱할 때 가장 아픈 곳이 성기 다음으로 혀라는 말을 들은 적이 있었다. 정말 이런 펑크한 남자한테 내 혀를 맡겨도 괜찮은 걸까?

"아가씨, 이리 와서 혀 좀 보여줘봐."

카운터로 다가가 혀를 쑥 내보이자, 시바 씨는 몸을 앞으로 조금 내밀었다.

"음, 그런대로 얇은 편이니까 그렇게 아프진 않을 거야."

그 말에 조금 마음이 놓였다.

---

* gal(girl). 십대 후반에서 이십대 초반의 젊은 여성. 특히 노란색이나 밝은 갈색으로 염색한 긴 머리에 검은 피부, 진한 화장, 화려한 패션을 특징으로 하는 스타일을 가리킨다. 가볍다, 헤프다는 이미지를 포함하기도 한다.

"그치만 고기로 치면 위(胃) 다음으로 혀가 질기잖아요?"

죽 생각하고 있었다. 그렇게 질긴 살에 구멍을 뚫는다니, 괜찮을까?

"아가씨, 아는 것도 많네. 사실 귀 같은 데에 비하면 꽤 아플 거야. 생살에 구멍을 뚫는 거니까 아프지, 당연히."

"시바 씨, 너무 겁주지 마요. 괜찮아, 루이. 나도 했잖아."

"뭐야? 아마, 넌 혀에 구멍 뚫을 때 기절했잖아. 관둬라, 관둬. 자, 이리 와봐."

시바 씨가 카운터 안쪽을 가리키며 나에게 미소지었다. 웃는 얼굴이 어딘가 일그러진 사람이었다. 표정을 읽을 수 없었다. 게다가 양 손등이 온통 흉터로 덮여 있었다. 순간 화상인가 하고 생각했지만 슬쩍 훔쳐보니 그것들은 모두 직경 1센티미터 정도의 원형이었다. 깡을 겨룬답시고 일부러 지져댄 거겠지. 완전히 미쳤어. 이런 인종들과 엮이기 시작한 건 아마가 발단이었다. 시바라는 사람은 혓바닥만큼은 스플릿 텅이 아닌 정상이었지만, 얼굴에는 온통 가까이 가기 어려울 만큼 많은 피어스가 박혀 있었다. 아마와 함께 안쪽 방으로 들어가자 시바 씨가 철제 의자를 가리켰다. 앉아서 방 안을 둘러보았다. 나에게는 이해되지 않는 기구들, 침대, 벽에는 역시나 외설스러운 사진들.

"여기, 문신도 해요?"

"응, 나도 문신시술사야. 이건 다른 사람이 해줬지만."

시바 씨는 그렇게 말하며 자기 머리를 가리켰다.

"내 문신도 여기서 했어."

아마를 처음 알게 된 날, 스플릿 텅 이야기에 들뜬 나는 그의 집까지 따라갔다. 아마는 혀의 피어스를 확장시키는 과정과 잘라냈을 때의 모습을 사진으로 찍어 보관하고 있었다. 나는 그 사진들을 한 장 한 장 유심히 살펴보았다. 아마는 00Ga까지 확장했기 때문에 메스로 잘라낸 부분은 약 5밀리미터 정도에 불과했지만, 놀랄 만큼 많은 양의 피가 흘러나와 있었다. 아마는 혀를 잘라내는 동영상을 공개하는 언더그라운드 인터넷 사이트도 보여주었다. 나는 그 영상을 아마가 질려할 정도로 몇 번이나 반복해서 보았다. 왜 내가 이런 것에 흥분하는지 나 스스로도 알 수 없었다. 그리고 나는 아마와 잤다. 자고 난 뒤, 왼쪽 팔뚝에서 등짝에 걸쳐 새겨진 용 문신을 자랑해대는 아마의 말을 한쪽 귀로 흘리면서, 스플릿 텅이 완성되면 문신도 해보자고 생각했다.

"나도 문신 하고 싶은데."

"정말?"

시바 씨와 아마가 동시에 말했다.

"좋은 생각이야. 틀림없이 예쁘게 새겨질 거야. 문신이라는 게, 남자가 하는 거보다 여자가 하는 게 훨씬 예쁘거든. 특히 젊은 여자가 하면 말이야. 피부 결이 고와서 그림을 섬세하게 넣을 수가 있지."

시바 씨는 내 팔뚝을 쓰다듬으며 말했다.

"시바 씨, 일단은 피어싱 먼저요."

"아, 그렇지."

시바 씨는 철제 선반에 손을 뻗어 비닐봉투에 들어 있던 피어서를 집어들었다. 귀를 뚫을 때 쓰는 것과 비슷한 피스톨 모양의 기구였다.

"혀 좀 내밀어볼래? 어디쯤 뚫을 거야?"

거울 앞에서 혀를 내밀고 끝에서부터 2센티미터 정도 들어간 곳을 가리키자, 시바 씨는 익숙한 손놀림으로 내 혀를 솜으로 닦아낸 후 작업할 부분에 검은색으로 표시를 했다.

"테이블에 턱 올리고."

나는 혀를 내민 채 하라는 대로 몸을 구부렸다. 혀 밑에 타월이 깔리고 시바 씨가 피어서에 피어스를 끼웠다. 나는 무의식중에 시바 씨의 팔을 쿡쿡 찌르며 고개를 저었다.

"응? 왜?"

"그거 12Ga 아니에요? 곧바로 그런 걸 끼워요?"

"응, 12야. 요즘 혀에 16이나 18 끼우는 애들 없어. 괜찮아."

"제발 14로 해요, 부탁이에요."

나는 반대하는 아마와 시바 씨를 필사적으로 설득했다. 귀의 첫번째 피어스도 14 아니면 16이었다. 시바 씨는 14Ga의 피어스를 세팅하고 다시 한번 위치를 확인했다. 나는 가볍게 고개를 끄덕이고 손을 꼭 쥐었다. 손에 땀이 잔뜩 배어나와 축축한 감촉이 기분 나빴다. 시바 씨는 피어서를 세로로 세워 끝부분을 타월에 갖다댔다. 혀가 피어서 사이로 살며시 들어가자 혀 밑으로 차가운 금속의 감촉이 느껴졌다.

"오케이?"

시바 씨의 친절한 목소리에 눈을 들어 좋다는 사인을 보내자, "간다!" 하고 낮게 속삭이더니 방아쇠에 손가락을 걸었다. 그 목소리에 나는 시바 씨가 섹스하는 모습을 머릿속에 떠올렸다. 섹스할 때도 저런 작은 목소리로 GO 사인을 보내는 걸까? 철컥, 하는 소리와 함께 온몸에 전율이 흘렀다. 오르가슴보다 훨씬 강렬한 그 전율에 소름이 돋고 짧은 경련이 일었다. 배에 힘이 들어가고, 그와 동시에 웬일인지 질에도 힘이 들어갔다. 엑스터시를 느낄 때와 같이 음부 전체가 짜릿하게 저려왔다. 탁, 하는 소리를 내며 피어스가 피어서를 벗어났고, 자유의 몸이 된 나는 얼굴을 찡그리며 혀를 입 안으로 집어넣었다.

"어디 좀 보자."

시바 씨는 얼굴을 자기 쪽으로 돌리게 하고 자기 혀를 내밀어 보였다. 나는 눈물을 찔끔 흘리며 감각이 없는 혀를 내밀었다.

"음- 좋아. 똑바로 잘 들어갔고 위치도 정확해."

"정말! 루이, 잘 됐다."

아마가 둘 사이를 비집고 들어와 내 혀를 요리조리 살폈다. 나는 온몸을 꿰뚫는 듯한 혀의 통증으로 입을 열기조차 힘들었다.

"루이랬나? 통증이 좀 심할 거야. 그래도 이런 건 여자들이 잘 참는다더라. 혀나 성기 같은 점막 부위에 구멍을 뚫을 땐 진짜로 기절하는 사람도 있어."

나는 입을 다물고 고개만 끄덕였다. 둔한 통증과 날카로운 통증이 짧은 간격으로 번갈아 엄습해왔다. 하지만 여기

오길 잘했다고 생각했다. 처음엔 혼자서 뚫어볼까 생각했는데, 아마가 말한 대로 하길 잘했다. 혼자서 뚫었다면 도중에 포기했을 것이다. 얼음을 받아 혀에 찜질을 하자 흥분이 조금씩 가시는 것이 느껴졌다. 안정을 되찾은 다음 가게로 나와서 아마와 함께 피어스를 구경했다. 아마는 피어스에 질리자 SM 도구 코너를 어슬렁거리기 시작했고, 나는 안쪽 방에서 나온 시바 씨를 보고 카운터로 다가갔다.

"시바 씨는 스플릿 텅, 어떻게 생각해요?"

시바 씨는 "응?" 하며 고개를 갸웃했다.

"피어싱이나 문신과 달리 형태를 바꾸는 거니까 말야, 재미있는 발상이라고는 생각하지만, 난 하고 싶지 않아. 형태를 바꾸는 건 신에게만 주어진 특권이라고 생각하거든."

시바 씨의 말은 왠지 상당히 설득력 있게 들렸다. 나는 고개를 크게 끄덕였다. 그리고 내가 아는 신체 개조를 머릿속에 떠올려보았다. 전족, 코르셋을 이용한 허리 교정, 그리고 목을 길게 늘여빼는 수장족(首長族)인가 하는 것도 있었던 것 같다. 치아 교정 같은 것도 신체 개조라고 할 수 있을까?

"시바 씨가 신이라면 어떤 인간을 만들고 싶은데요?"

"형태는 안 바꿔. 그냥, 바보 같은 인간을 만들 거야. 닭처럼 바보 같은 인간. 신의 존재 같은 건 생각해본 적도 없는."

나는 눈을 조금 들어 시바 씨를 보았다. 시바 씨는 아무렇지도 않게 말했지만, 눈은 수상쩍게 웃고 있었다. 재미있는 남자라고 나는 생각했다.

"다음에 문신 디자인 보여주실 수 있어요?"

시바 씨는 빙그레 웃으며 "좋아!" 하고 다정하게 말했다. 부자연스러울 만큼 갈색인 눈도 그렇고, 새하얀 피부도 그렇고, 마치 백인처럼 색소가 엷은 사람이라는 생각이 들었다.

"괜찮으면 전화해. 피어싱이든 뭐든 궁금한 게 있으면 언제든 물어봐."

시바 씨는 그렇게 말하며 가게 명함 뒷면에 휴대폰 번호를 적어 내게 건넸다. 나는 그것을 받아들며 "고마워요" 하고 웃어 보였다. 그리고 여태 채찍을 손에 들고 구경하고 있는 아마의 눈치를 살피며 지갑에 넣었다.

"아참, 돈!"

지갑을 넣다 문득 생각나서 "얼마예요?" 하고 물어보자 시바 씨는 "됐어" 하며 흥미 없다는 듯 말했다. 나는 카운터에 팔을 올려 턱을 괴고 시바 씨를 관찰했다. 카운터 안의 의자에 앉아 있는 시바 씨는 귀찮다는 듯 내 시선을 피하며 계속해서 눈길을 맞추지 않았다.

"저기, 난 네 그런 얼굴을 보고 있으면 S의 피가 끓어오르거든."

시바 씨는 천천히, 그러나 여전히 눈길을 맞추지 않은 채 말했다.

"난 M인데…… 그런 분위기를 감지했나보죠?"

시바 씨는 몸을 일으켜 드디어 나를 보았다. 카운터 저쪽에서 나를 넘겨다보는 시바 씨는 강아지라도 보듯 사랑스러워 죽겠다는 눈을 하고 있었다. 그는 내 눈높이에 맞춰 허리를 굽히더니 내 턱을 한껏 치켜올리고 미소를 지었다.

"이 목을 송곳으로 찔러서……"

그는 금방이라도 큰 웃음을 터뜨릴 것 같은 얼굴로 말했다.

"그건 Savage의 S 아니에요?"

"하하, 그럴지도."

당연히 무슨 뜻이냐고 반문할 줄 알았기 때문에 조금 놀라서 시바 씨를 바라보았다.

"무슨 말인지 모를 줄 알았는데."

"난 잔인한 말에는 해박한 편이야."

시바 씨는 입술 한쪽 끝만 치켜올려 쑥스럽다는 듯 웃었다.

'미쳤어······.'

하지만 그런 생각 한편에 이 남자에게 희롱당하고 싶다는 욕구가 숨어 있음은 부정할 수 없었다. 카운터에 턱을 괴고 위를 올려다보고 있던 내 목을 시바 씨가 어루만졌다.

"이봐요, 시바 씨! 남의 여자한테 손대지 말아줄래요?"

우리 둘의 수작을 가로막은 것은 아마의 멍청한 목소리였다.

"응? 피부 체크하고 있었던 거야. 문신 넣을 때 참고하려고."

"아, 그래요?"

시바 씨의 말에 아마는 얼굴 근육을 풀었다. 나와 아마는 피어스를 몇 개 사고 시바 씨의 배웅을 받으며 가게를 나섰다.

아마와 함께 거리를 걷는 것도 이제 익숙해지기 시작했다. 아마는 왼쪽 눈썹에 4Ga의 핀 모양 피어스 세 개, 아랫입술에도 같은 종류의 피어스를 세 개나 하고 있다. 그것만으로도 충분히 눈에 띄는데, 나시 티 밖으로 드러난 팔에는 용이 꿈틀거리고 새빨간 머리카락은 양 옆을 짧게 깎아올려 마치 폭이 좀 넓은 모히칸 스타일 같다.

테크노밖에 틀지 않는 그 어두운 클럽에서 아마를 처음 보앉을 때는, 솔직히 말해 나는 기가 질렸다. 그때까지 나는 힙합이나 트랜스를 트는 클럽밖에 가본 일이 없었다. 거의가 친구들과 어울려 따라간 것이었지만, 클럽은 어디나 그렇다고 생각하고 있었다. 그날, 나는 친구들과 헤어져 집에 돌아가던 길에 사투리 섞인 영어로 말을 걸어온 흑인을 따라 그 클럽에 갔었다. 그런데 그곳은 그때까지 내가 다니던 클럽들과는 질이 달랐다. 모르는 음악만 계속 틀어대는 부스에 짜증이 나서 카운터에 앉아 술을 마시고 있는데, 요상한 춤을 추고 있던 아마의 모습이 눈에 들어왔다. 수많은 특이한 손님들 중에서도 특히나 두드러지던 그는 나와 눈이 마주치자 기다리기라도 했다는 듯 성큼성큼 다가왔다. 이런 인종도 이런 식으로 여자를 꼬시나 싶어 조금 놀랐다. 실없는 이야기를 몇 마디 나누는 동안, 나는 그의 혀에 홀딱 빠졌다. 그렇다. 두 갈래로 갈라진 그의 가느다란 혀에 나는 완전히 반하고 말았다. 왜 그렇게 강하게 끌렸는지는 지금도 알 수 없다. 이 의미 없는 신체 개조 따위에서 나는 대체 무엇을 찾아내려 하는 것일까?

혀의 피어스를 손으로 건드려보았다. 가끔씩 입 안의 피어스가 이빨에 부딪쳐 찰랑거리는 소리를 냈다. 통증은 남아 있지만 얼얼한 느낌은 상당히 줄어들었다.

"루이, 스플릿 텅에 한 발 다가선 느낌이 어때?"

아마가 갑자기 돌아보며 물었다.

"잘 모르겠어. 그치만 기분은 좋아."

"그래? 잘됐다! 난 너랑 언제나 같은 기분을 공유하고 싶어."

아마는 그렇게 말하며 바보같이 웃었다. 어디가 그런지는 정확히 모르겠지만, 아마는 웃으면 바보 같은 얼굴이 된다. 입을 열면 아랫입술의 피어스 박힌 부분이 축 늘어지기 때문일지도 모른다. 예전에는 펑크족 하면 마리화나를 입에 달고 살면서 난교나 일삼는 인간들인 줄 알았는데, 아마를 보면 의외로 그렇지 않은 인간도 있는 모양이었다. 아마는 언제나 다정하고, 자기에게 어울리지도 않는 가식적인 대사를 읊어 대곤 한다. 안 어울리는 데도 진짜 정도가 있지. 아마는 집에 도착하자마자 질릴 정도로 긴 디프 키스를 하더니 그 뱀 혓바닥으로 내 혀의 피어스를 이리저리 핥았다. 몸 안을 진동시키는 그 얼얼한 통증이 기분 좋게 느껴졌다. 아마와 섹스를 하면서 눈을 감고 시바 씨의 말을 떠올렸다. 신의 특권…… 제법이야. 내가 신이 되어주지. 헐떡거리는 소리가 차가운 공기 속으로 울려퍼졌다. 여름이라 에어컨 튼 보람도 없이 내 몸은 땀으로 범벅이 되어 있는데, 웬일인지 아마의 방은 차갑게 느껴졌다. 스틸 소재의 가구들뿐이라 그런 걸까?

"싸도 돼?"

아마의 괴로운 듯한 목소리가 바보같이 허공을 떠돌았다. 나는 눈을 살짝 뜨고 고개를 조금 끄덕여 보였다. 아마는 몸을 빼내자마자 내 음부에 정액을 방출했다. 이번에도 또……

"나 참, 배에다 하라고 했잖아."

"미안, 타이밍을 맞추기가……"

아마는 정말 미안해하며 티슈를 집어주었다. 그는 언제나 내 음부에 사정을 한다. 그게 왜 싫은가 하면, 음모가 부석부석해지기 때문이다. 그대로 여운에 잠겨 잠들고 싶은데 아마 탓에 언제나 샤워를 하게 된다.

"배에다 안 하려면 콘돔을 쓰든지."

아마는 고개를 숙이고 다시 한번 "미안……" 하고 말했다. 나는 티슈로 정액을 대강 닦아내고 몸을 일으켰다.

"샤워……하려구?"

아마의 목소리가 너무 풀이 죽어 있어서 나도 모르게 발길이 멈춰졌다.

"응."

"나도 같이 하면 안 돼?"

아무 생각 없이 그러라고 말하려다, 벌거벗은 채 한심한 표정을 짓고 있는 아마를 보자 바보 같은 기분이 들었다.

"좁은 욕실에 두 사람이나 비집고 들어가는 거 싫어."

나는 목욕 타월을 들고 욕실로 들어가 문을 잠갔다. 세면대 거울을 향해 혀를 내밀어보았다. 혀끝에 은빛 구슬이 달려 있다. 이것이 스플릿 텅으로 가는 제일보. 한 달 정도는 확장하지 말고 그대로 두는 게 좋다고 시바 씨가 말했었다. 길은 아직 멀다.

욕실을 나오자 아마가 말없이 커피를 건넸다.

"고마워."

아마는 얼굴을 활짝 펴고 커피를 마시는 나를 물끄러미 바라보았다.

"루이, 이불 덮고 눕자."

그가 말하는 대로 이불 속에 들어가 나란히 눕자, 아마는 내 가슴에 얼굴을 파묻고 젖꼭지를 입에 물었다. 아마는 이러는 걸 굉장히 좋아해서 섹스 전후에 절대 거르는 법이 없다. 스플릿 텅이라 그런지 아마의 애무는 기분 좋다. 마음을 푹 놓은 아마의 얼굴은 정말로 아기 같다. 이런 나조차 일말의 모성이 작동할 정도다. 몸을 어루만져주자 아마는 눈을 들어 나를 보더니 행복한 미소를 지었다. 그런 그의 얼굴을 보자 나도 조금은 행복한 기분이 되었다. 펑크족 주제에 어린애 같기는. 아마는 이해하기 힘든 남자다.

"어머! 이게 뭐야? 웬일이니? 진—짜 아프겠다!"

친구 마키의 반응은 이런 식이다. 흥미진진한 얼굴로 내 혀를 들여다보더니 아프겠다며 호들갑을 떨고 얼굴을 찡그린다.

"무슨 심경의 변화야? 혀 피어싱이라니. 넌 펑크 스타일이나 하라주쿠 풍 싫어하잖아?"

마키는 이 년 전 클럽에서 알게 된, 화장을 진하게 하고 다니는 갸르다. 그때부터 친구가 되어 늘 같이 어울려다닌 탓에 내 취향에 대해서는 빠삭하다.

"그렇긴 하지. 근데 요즘 꽤 펑크한 사람을 알게 돼서 말야. 그 영향을 좀 받았다고나 할까?"

"그래도 그렇지, 갸르가 혀 피어싱이라니 좀 이상하잖아? 귀 피어싱을 확장하는가 싶더니 이젠 혀 피어싱까지! 루이,

너 이대로 가다가 완전히 펑크계로 진출하는 거 아냐?"

"걔르 아니라니까!"

마키는 내 말은 들은 척도 않고 이렇다 저렇다 펑크를 비판하기에 정신이 없었다. 확실히 캐미솔 원피스에 노란 머리, 혀 피어싱이라니 좀 묘한 구색인 건 사실이다. 하지만 내가 하고 싶은 건 혀 피어싱이 아니라 스플릿 텅이다.

"마키, 문신은 어떻게 생각해?"

"문신? 문신 정도야 괜찮지. 장미나 나비 같은 건 귀엽잖아?"

"그런 거 말구, 용이라든가, 트라이벌*이라든가, 우키요에**같이 귀엽지 않은 것들."

마키는 얼굴을 찌푸리며 "뭐?" 하고 큰 소리를 내더니 대체 무슨 일이냐며 나를 다그쳤다.

"요즘 알게 됐다는 그 펑크한 사람이 하라고 해? 그 사람이랑 사귀는 거야? 너 혹시 그 사람한테 세뇌당하고 있는 거아냐?"

---

* 폴리네시아, 아메리카 인디언 등의 부족적, 주술적 문양을 간단한 도형이나 이미지로 단순화, 장식화한 스타일의 문신.
** 일본 에도 시대에 발달한 대중적인 풍속화의 한 양식. 특히 판화로 많이 제작되었으며, 원색적이고 다채로운 색감이 특징이다.

세뇌…… 그럴지도 모른다. 아마의 스플릿 텅을 처음 본 순간, 확실히 내 안의 어떤 가치관이 와르르 무너져내리는 것을 느낄 수 있었다. 무엇이 어떻게 바뀌었는지는 알 수 없지만, 나는 순식간에 그 혀에 반해버렸다. 하지만 그런 이유 때문에 따라하려고 하는 것은 아니다. 어째서 이렇게 피가 끓는지, 그 이유를 알고 싶었다. 그래서 지금 이렇게 스플릿 텅을 향해 전력질주하고 있는지도 모른다.

"그럴 게 아니라, 너 그 사람 한번 만나보지 않을래?"

두 시간 후, 우리들은 약속 장소인 신주쿠 역에서 아마와 합류했다.

"아, 아마!"

손을 흔드는 내 시선을 좇아 아마를 보곤 마키는 눈을 동그랗게 떴다.

"설마…… 정말이야?"

"응, 저 빨간 털 원숭이."

"말도 안 돼, 말도 안 돼! 나, 그냥 집에 가고 싶어. 무서워."

마키의 질린 모습을 눈치챘는지, 아마는 미안하다는 표정을 지으며 쭈뼛쭈뼛 우리 곁으로 다가왔다.

"좀 험하게 생겨서 미안."

아마가 그렇게 사과하자 마키의 얼굴은 금방 환해졌고, 나는 그런 마키의 반응에 마음을 놓았다. 우리는 저녁 번화가를 배회하다 결국 값이 싼 것 빼고는 별볼일 없는 술집으로 들어갔다.

"아마 씨랑 걸으니까 다들 길을 비켜주네."

"맞아, 아마랑 걷다보면 호객행위하는 사람도 없고, 광고지 주는 사람도 없어."

"그래? 내가 꽤 도움이 된다는 거네?"

아마와 마키는 금방 허물없이 친해져서, 아마가 스플릿텅을 자랑하자 마키는 태도를 싹 바꿔 멋있다며 호들갑을 떨었다.

"그럼 루이도 곧 이렇게 되는 거야?"

"그렇지! 둘이 똑같이 되는 거지. 루이, 눈썹이랑 입술에도 피어싱 하면 어때? 우리 전부 똑같이 하자!"

"됐어, 내가 하고 싶은 건 혀 피어싱하고 문신뿐이야."

"아마 씨, 미안한데, 그래도 더이상 루이를 펑크의 길로 이끌진 말아주세요. 나랑 루이는 둘이서 갸르 평생 동맹을 맺었단 말이에요."

"그런 거 맺은 적도 없고, 갸르도 아니야."

두 사람은 동시에 "갸르 맞아!" 하고 말하며 일제히 나에게 화살을 날렸다.

셋은 곤드레만드레 취해 술집을 나와 꺅꺅 소란을 떨며 역을 향해 걸었다. 가게들도 이미 문을 닫아 정적만 남은 거리에 겉으로 보기에도 깡패나 건달 같은 남자 둘이 어슬렁대고 있는 것이 눈에 들어왔다. 아니나 다를까, 아마를 뚫어져라 노려본다. 질 나쁜 인간들이 아마에게 시비를 거는 일은 자주 있었다. 꼬나보지 않았냐는 둥, 부딪치지 않았냐는 둥 핑계도 가지가지였다. 하지만 아마는 언제나 싱글벙글 웃으며 미안하다고 할 뿐이었다. 겉은 펑크지만, 속은 그저 물러터졌다.

"아가씨, 그 자식 애인이야?"

베르사체 옷을 입은 한 남자가 내게 다가오더니 놀리듯이 말했다. 마키는 우리 뒤에 숨어 눈도 못 맞추고 있지, 아마는 남자를 쏘아볼 뿐이지, 이놈이고 저놈이고 도움이 안 된다. 무시하고 그냥 지나치려는데, 남자가 "아니지?" 하며 내 앞을 막아섰다.

"왜요? 내가 얘랑 하는 게 상상이 안 돼요?"

무표정한 얼굴로 고개를 치켜들고 바라보자 남자는 내 어깨를 감싸며 "안 되지" 하고 말하더니 아무렇지도 않게 내 원피스의 가슴 언저리로 손을 가져갔다. 오늘 무슨 색 브래지어를 했더라? 하고 생각하는 순간, 픽 하는 소리와 함께 원피스 속을 들여다보고 있던 남자가 시야에서 사라졌다. 순간 영문을 모르고 주변을 한 바퀴 둘러보았다. 남자는 길바닥에 널브러져 있고, 아마의 눈에는 핏발이 서 있었다. 과연! 아마가 남자를 때려눕힌 거구나.

"이 새끼가!"

그렇게 외치며 또 한 명의 남자가 아마에게 달려들었다. 아마는 그 남자에게도 주먹을 한 방 먹이고, 쓰러져 있는 남자에게 올라타 관자놀이 부근을 몇 번이고 내질렀다. 끈적한 피가 흘러나오는 것이 보였다. 남자는 정신을 잃었는지 꼼짝도 하지 않았다.

"엄마!"

마키가 피를 보고 비명을 질렀다.

"아……!"

그렇다. 나는 문득 깨달았다. 아마가 제일 마음에 들어하는 은반지…… 오늘도 오른손 검지와 중지에 끼고 있다. 둔탁한 소리의 정체를 깨닫자 온몸에 식은땀이 흘렀다.

픽…… 픽…… 이름하여, 뼈와 은이 부딪치는 소리.

"아마, 됐어. 이제 그만 해!"

아마는 내 말이 들리는지 안 들리는지 남자의 관자놀이에 또 한 방 주먹을 날렸다. 아마한테 한 대 맞은 다른 남자가 몸을 일으켜 슬금슬금 달아났다. 젠장, 경찰을 부르러 가겠군. 나는 나도 모르게 언성을 높였다.

"그만 좀 하라니까!"

내가 그렇게 말하며 아마의 왼쪽 어깨를 붙드는 것과 동시에 아마의 주먹이 남자의 얼굴에 정면으로 내리꽂혔다. 나도 모르게 눈길을 돌렸다. 마키가 울부짖었다.

"아마!"

소리를 지르자 아마가 겨우 몸에서 힘을 뺐다. 제정신이 들었나 싶어 안도의 한숨을 내쉬던 내 눈에 들어온 것은, 남자의 입 속을 헤집고 있는 아마의 손가락이었다.

"너, 지금 뭐 하는 거야?"

나는 아마의 머리를 힘껏 때리고 옷을 잡아당겼다. 그때 희미하게 사이렌 소리가 들렸다.

"마키, 너 빨리 도망가! 빨리!"

마키는 파랗게 질린 얼굴로 고개를 끄덕이더니 "셋이서

다음에 또 만나!" 하고는 손을 흔들었다. 마키도 의외로 터 프한 구석이 있다. 취한 사람이라고는 도저히 믿어지지 않는 빠른 속도로 순식간에 그곳을 벗어났다. 아마는 비틀거리며 멍한 눈으로 나를 바라볼 뿐.

"아마, 정신 차려! 경찰이야. 빨리 도망가야 돼!"

어깨를 두드리자 아마는 평소의 그 한심한 웃음을 지어 보이더니 겨우 달리기 시작했다. 아마는 의외로 발이 빨라서 나는 헉헉대며 그의 손을 잡고 끌려가듯 뛰었다. 좁은 골목길 안쪽으로 접어들어 우리는 겨우 발을 멈췄다. 나는 아마의 뒤에 철퍼덕 주저앉았다.

"도대체 무슨 짓을 한 거야, 이 바보 새끼야!"

쥐어짜듯 내뱉은 내 말은 스스로 생각해도 어이가 없을 정도로 한심하게 들렸다. 아마는 내 옆에 쭈그리고 앉아 피투성이인 오른손을 내밀어 주먹을 폈다. 1센티미터 정도의 빨간 물체가 두 개. 순간 그것이 그 남자의 이빨이라는 것을 깨달았다. 등줄기에 차가운 물 한 방울을 떨어뜨린 듯한 그 서늘한 감각에, 온몸의 털이란 털이 모조리 곤두섰다.

"루이의 원수를 갚아줬지."

그렇게 말하며 자랑스러운 듯 웃는 아마. 무엇보다 놀라운 건 그 웃음이 마치 어린아이처럼 천진난만하다는 것이었다. 원수라니, 내가 살해당한 것도 아니고.

"그딴 거 필요 없어!"

그렇게 소리치는 내 팔을 붙잡고 아마는 두 개의 이빨을 내 손바닥에 떨어뜨렸다.

"내 애정의 증표."

나는 질려서 입을 다물지 못한 채 어깨를 움츠렸다.

"일본에선 그딴 애정의 증표 안 통해."

나는 몸을 찰싹 붙여오는 아마의 머리를 마구 쓰다듬었다.

그후 우리는 터벅터벅 공원으로 걸어가 수돗물로 아마의 손과 옷을 씻고 아무 일도 없었다는 듯 막차를 타고 아마의 집으로 돌아왔다. 집에 들어서자마자 아마를 욕실로 밀어넣고, 버리지도 못하고 화장품 가방에 던져넣었던 두 개의 이빨을 손바닥에 올려놓고 관찰했다. 어쩌면 나는 아주 성가신 남자에게 걸려버린 건지도 모른다. 아마는 우리가 완전히 사귀고 있다고 생각하고 있는 듯하다. 만약 헤어지자고 잘못 말을 꺼냈다가는 뚜껑이 열려서 날 죽일지도 모른다. 욕실에서 나온 아마는 내 옆에 앉아 이쪽을 조심스럽게 살피더니 내가 아무 말 않고 있자 나직이 "미안……" 하고 중얼거렸다.

"컨트롤할 수가 없어. 나라는 인간은 평소엔 꽤 얌전한 편인데, 일단 저 새끼, 죽여버린다! 하는 생각이 들면, 정말로 죽을 때까지 패주지 않으면 직성이 안 풀려."

이 인간, 정말로 사람을 죽인 적도 있지 않을까 하는 생각이 들었다.

"아마는 성인이니까 사람 죽이면 실형이야. 알아?"

"아냐, 나 아직 미성년자야."

아마는 진지한 얼굴로 그렇게 말하고선 나를 말똥말똥 쳐다보았다. 나는 그런 아마가 하도 어처구니없어서 걱정해준 것이 오히려 바보같이 느껴졌다.

"지금 농담할 때야?"

"농담 아냐, 정말이야."

"무슨 소리야? 스물네 살이라고 했잖아?"

"그건 루이가 그 정도로 보이길래, 거기 맞춰서 그렇게 말해본 거지. 어린애 취급당할까봐. 이런, 너무 가볍게 커밍아웃해버렸네. 이런 얘긴 좀더 진지하게 했어야 하는 거 아닌가? 근데, 그렇게 말하는 루이는 몇살인데?"

"너 정말 너무한 거 아냐? 나도 아직 스물 안 됐다구!"

"정말?"

짧게 외치며 눈을 동그랗게 뜨는 아마.

"정말이야? 나 왠지 너무 기쁘다."

그렇게 말하며 얼굴 가득 웃음을 띠고 나를 끌어안는 아마.

"결국, 피차 무지하게 겉늙어 보인다는 뜻이군."

나는 그렇게 말하며 아마를 밀쳐냈다. 그러고 보니 우리는 서로에 대해 거의 모른다. 성장과정이나 나이 같은 것조차. 일부러 피하려고 했던 것은 아니다. 단지 그런 이야기가 화제에 오른 일이 없었을 뿐이다. 결국 지금도 서로가 미성년자라는 사실만 확인했지, '그럼 몇살인데?' 하는 이야기로는 발전되지 않았다.

"저기 아마, 너 본명이 뭐야? 아마라는 애칭 말고. 아마노? 스아마?"

"스아마가 뭐냐, 스아마가! 내 아마는 말이야, '아마데우스'의 아마야. 아마가 성이고 데우스가 이름. '제우스' 비슷한 게 멋있지?"

"하, 그러셔? 말하기 싫음 관둬."

"정말이라니까! 루이는?"

"'루이 14세'의 루이인 줄 알았지? 난 '루이뷔통'의 루이랍니다."

"아하, 그래? 꽤 비싼 여자분이시로군."

우리는 그후로도 맥주 캔을 한 손으로 따는 방법 같은 쓸 데 없는 이야기만 계속했다.

다음날 오후, 나는 Desire에 가서 시바 씨와 문신 디자인을 구경했다. 그 방면의 사람들이나 선호할 만한 우키요에부터 똬리를 튼 뱀이나 초기의 미키마우스 같은 미국풍 디자인에 이르기까지 셀 수 없이 많은 디자인들이 물릴 정도로 스크랩되어 있었다. 시바 씨의 다재다능한 그림 솜씨에 혀를 내두르지 않을 수 없었다.

"용이 마음에 들어?"

몇십 장이나 되는 용 그림들을 천천히 넘기고 있으니 시바 씨가 몸을 일으켜 파일을 들여다보았다.

"네, 역시 용이 제일 낫지 않을까 싶어요. 아! 이거 아마가 하고 있는 거 아니에요?"

"응, 맞아. 모양은 좀 다르지만 그 디자인이야."

시바 씨는 카운터에 몸을 기대며, 의자에 앉아 파일을 훑어보고 있는 나를 내려다보았다.

"아마는 모르지? 네가 여기 온 거."

고개를 들어보니 시바 씨는 희미한 미소를 지으며 묘한 눈빛으로 나를 보고 있었다.

"몰라요."

그렇게 말하자 시바 씨는 다소 진지한 표정으로 말했다.

"내가 휴대폰 번호 알려준 거, 그 녀석한텐 비밀이다."

그 말을 들으니 시바 씨도 아마의 기질에 대해 알고 있는 듯하다는 생각이 들었다.

"저기, 아마 말인데요……"

"……왜, 알고 싶어? 그 녀석에 대해?"

시바 씨는 잠시 딴청 부리듯 허공에 눈길을 주더니, 이윽고 고개를 삐딱하게 하고 나를 쳐다보며 말했다.

"아니에요, 됐어요. 모르는 게 나을 것 같아요."

시바 씨는 "그래?" 하고 흥미 없다는 듯 말하고는 카운터에서 나와 가게 밖으로 나갔다. 십 초도 안 돼 안으로 문이 열리더니 시바 씨가 돌아왔다.

"왜요? 무슨 일 있어요?"

"중요한 손님이 오셨으니까 가게 문을 닫았지."

"아, 그래요?"

나도 별 흥미 없다는 듯 말하곤 다시 파일로 눈길을 던졌다. 그리고 잠시 후 우리는 안쪽 방으로 들어가 디자인 회의를 시작했다. 시바 씨는 놀랄 만큼 빠른 속도로 슥슥슥 아름다운 그림들을 그려냈다. 그런 아티스틱한 피라고는 한 방울도 섞여 있지 않은 나에게는 그저 부러울 따름이었다.

"근데 솔직히 말해서 판단이 안 서네요. 문신은 평생 가는 거잖아요. 이왕 새기는 거 최고의 그림을 넣고 싶은데……"

나는 턱을 괴고 시바 씨가 그린 용을 손가락으로 더듬었다.

"그건 그렇지. 지금은 레이저로 지우는 경우도 있지만 기본적으로 처음 상태로 되돌리는 건 불가능하니까 말야. 나 같은 경우는 머리만 기르면 그만이지만."

시바 씨는 그렇게 말하며 반짝이는 뒤통수에서 춤추는 용을 한 번 쓰다듬었다.

"그거 말고도 또 있죠?"

시바 씨는 "보고 싶어?" 하며 빙그레 웃었다. 내가 가볍게 고개를 끄덕이자 시바 씨는 긴 소매 티셔츠를 벗기 시작했다. 시바 씨의 몸은 마치 캔버스처럼 컬러풀한 그림들로 빽빽이 채워져 있었다. 등에만 해도 용, 멧돼지, 사슴, 나비, 모란, 벚꽃, 소나무……

"어, 이노시카쵸*다."

"응, 나 화투 좋아하거든."

"근데 싸리랑 단풍이 없네요?"

"아, 그릴 장소가 모자라서 포기했어."

홍, 그런 어쭙잖은 이유가. 그러고 나서 시바 씨가 내 쪽으로 돌아선 순간, 한 마리 동물이 내 눈 속으로 뛰어들어왔다.

"이거, 기린(麒麟)?"

내 눈은 시바 씨의 오른쪽 팔뚝에 새겨진 외뿔 짐승에 그대로 못 박혔다.

"어, 기린을 알아? 이놈은 내가 제일 좋아하는 거야. 성스러운 동물이거든. 살아 있는 풀도 밟지 않고, 살아 있는 짐승도 먹지 않고. 말하자면 동물계의 신이라고 할 수 있지."

"기린 뿔이 하나였나?"

"아, 이건 말이야, 중국인들이 상상한 동물이야. 중국에선 기린이 살로 덮인 한 개의 뿔을 가지고 있다고 생각했지."

"나, 이걸로 할래요."

시바 씨의 팔뚝을 바라보며 그렇게 중얼거리자, 시바 씨는 갑자기 입을 다물고 고개를 떨구었다.

---

* 猪鹿蝶. 일본 화투에서 큰 점수를 낼 수 있는 패의 종류로, 멧돼지, 사슴, 나비가 그려진 홍싸리, 단풍, 모란의 열 끗들.

"이거 새겨준 사람, 일본에서도 톱 클래스에 속하는 시술사야. 난 기린은 새겨본 적 없어."

"그럼, 그 사람한테 새겨달라고 하면 안 돼요?"

"그 사람, 죽었어."

시바 씨는 그렇게 말하더니 고개를 쳐들고 있는 내 눈을 똑바로 쳐다보았다. 그러고는 가볍게 한숨을 내쉬더니, 서양 사람들처럼 어깨를 한 번 으쓱하고 입을 열었다.

"기린 그림들을 껴안고 분신자살했어. 아쿠타가와 류노스케 같은 거지. 어쩌면 기린이 격노한 건지도 몰라. 신성한 기린을 멋대로 새겼다고…… 기린을 새기면 저주받을 수도 있어."

시바 씨는 겁주듯 말하며 자기 팔뚝의 기린을 쓰다듬었다. 하지만 나는 도무지 포기할 수 없어 그저 시바 씨의 기린을 물끄러미 바라보았다.

"게다가 기린은 사슴이랑, 소, 늑대 같은 여러 동물의 집합체야. 그런다고 해도 말처럼 간단한 일이 아니지."

"그래도 이게 제일 좋은걸요. 시바 씨, 부탁이에요."

"……"

시바 씨는 혀를 쯧쯧 차고는 두 손 들었다는 표정으로 나를 바라보았다. 그리고 작은 목소리로 중얼거렸다.

"할 수 없군."

"야호! 시바 씨, 고마워요!"

"일단 디자인만 한번 그려볼게. 배경이라든가 다른 요구 사항 있어?"

나는 잠시 생각하고는 아까부터 보고 있던 파일을 넘겼다.

"이거요. 아마의 용도 같이 새기고 싶어요."

시바 씨는 한동안 용의 디자인을 바라보더니 "과연, 괜찮은데……" 하고 혼잣말처럼 중얼거렸다.

"기린을 새기는 건 처음이니까 다른 뭔가를 섞는 편이 마음 편하겠어. 꽤 괜찮겠네. 지금 유행하고 있는 패턴이기도 하고."

나는 씩, 한 번 웃어 보이고는 "그렇죠?" 하고 말했다.

"아마랑 비슷한 크기로 등에 그려넣고 싶은데, 비용은 얼마나 들겠어요?"

"음……" 시바 씨는 허공으로 눈길을 돌렸다. 그러고는 "섹스 한 번"이라고 대답하더니 곁눈질로 나를 보았다.

"그 정도로 충분한가보죠?"

똑같이 곁눈질로 바라봐주자, 시바 씨는 사디스트적인 성

향을 노골적으로 드러낸 기분 나쁜 시선으로 나를 뚫어지게 쳐다보았다.

"옷 좀 벗어봐."

시바 씨의 말에, 나는 일어섰다. 땀에 젖어 몸에 찰싹 달라붙어 있던 슬리브리스 원피스의 지퍼를 내리자 시원한 공기가 옷 속으로 들어왔다. 원피스를 바닥에 떨어뜨리자, 시바 씨는 아무런 감정도 읽어낼 수 없는 눈으로 내 몸을 쓱 훑어보았다.

"뼈밖에 없군. 문신 새기고 나서 살찌면 살가죽이 늘어나서 꼴사나워져."

벗어든 브래지어와 팬티도 땀에 젖어 있었다. 신고 있던 뮬을 벗고 침대에 걸터앉았다.

"괜찮아요. 벌써 몇 년 동안 체중에 아무 변화가 없으니까."

시바 씨는 담배를 재떨이에 눌러 끄고 벨트를 풀면서 침대로 다가왔다. 침대 옆에 선 그는 한 손으로 나를 난폭하게 넘어뜨리더니 내 목을 손으로 감쌌다. 경동맥을 더듬는 손가락에 천천히 힘이 가해져왔다. 시바 씨의 가는 손가락이 내 살을 점점 파고들었다. 선 채로 나를 내려다보고 있는 시바 씨의 오른쪽 팔뚝에 혈관이 튀어나와 있는 것이 보였다. 산소

가 부족해진 내 몸은 여기저기 짧은 경련을 일으켰다. 목구
멍에서 깔딱거리는 소리가 나고 얼굴이 일그러져간다.

"좋은데…… 네 고통스런 얼굴. 벌써 섰어."

시바 씨는 아무 일도 없었다는 듯 손을 풀고는 바지와 트
렁크를 벗었다. 침대로 올라온 그는 아직도 의식이 몽롱한
내 어깨 위에 무릎을 꿇고, 자기 물건을 내밀었다. 시바 씨의
양 다리에는 용이 한 마리씩 헤엄치고 있었다. 나는 무의식
중에 그의 물건을 잡아 입에 물었다. 시큼한 냄새가 입 안에
퍼졌다. 봄 여름 가을 겨울 중 여름에 하는 섹스를 제일 좋아
하는 이유는, 땀과 암모니아가 섞인 듯한 이 냄새가 좋기 때
문이기도 하다. 시바 씨는 무표정한 얼굴로 나를 내려다보며
머리채를 거칠게 잡아챘다. 턱을 까닥까닥 앞뒤로 움직이자
조금씩 젖어가는 것이 느껴졌다. 어딘가를 애무당한 것도 아
닌데 이렇게 간단히 젖을 수 있다니 꽤 편리한 노릇이다.

"아마는 어떻게 섹스해?"

시바 씨는 그렇게 말하며 몸을 일으켰다.

"네? 그냥 평범한데요?"

흐음, 하고 고개를 끄덕이며 바지에서 벨트를 빼낸 시바
씨는 내 손목을 뒤로 묶었다.

"만족 못 하는 거 아냐?"

"그다지…… 난 평범한 걸로도 느끼는 타입이거든요."

"뭐야, 그럼 난 평범한 걸론 못 느끼는 타입이라고 생각해?"

"느껴요?"

"아니, 못 느껴."

"그렇겠죠. 광적인 사디스트잖아요. 그죠?"

"글쎄…… 난 남자하고 해도 느껴. 그러고 보면 꽤 광범위하게 느낄 수 있는 타입이라고 생각하는데."

시바 씨가 웃으며 말했다. 그 말에 아마와 시바 씨가 하고 있는 걸 상상해보았다. 의외로 좋은 그림이 될지도 모른다.

시바 씨는 가느다란 팔로 나를 덥석 들어올려 바닥에 내려놓더니 침대에 걸터앉아 오른발을 내 눈앞으로 내밀었다. 나는 입 안의 침이 다 마르도록 그의 발가락을 엄지발가락부터 새끼발가락까지 정성껏 빨고 핥아댔다. 바닥에 손을 짚지 못하고 엎드려 있는 상태였기 때문에 고개가 점점 아파왔다. 시바 씨는 다시 내 머리채를 잡아 위를 보게 했다. 아마 나는 초점 없는 멍한 눈을 하고 있었을 것이다. 시바 씨의 페니스에 핏줄이 불거져 있었다.

"젖었어?"

고개를 살짝 끄떡이자 시바 씨는 다시 나를 안아올려 침대에 앉혔다. 무의식적으로 다리를 벌렸다. 가벼운 긴장이 나를 감쌌다. S인 사람을 상대할 때면 난 늘 이 순간에 몸이 굳는다. 무슨 짓을 할지 모르기 때문이다. 관장이라면 괜찮다. 도구를 써도 좋고, 엉덩이를 때려도 좋고, 애널 섹스를 해도 좋다. 하지만 될 수 있는 한 피는 보고 싶지 않다. 언젠가 질 속에 화이브미니 병을 넣고 무지막지하게 망치로 깨려고 하던 상대가 있었다. 바늘 같은 것으로 찌르는 사람도 싫다. 손바닥이 축축하게 젖어들고, 어깨에서 팔뚝까지 소름이 돋았다. 시바 씨는 도구를 사용할 기미는 없는 듯해서 나는 다소 마음이 놓였다. 그는 손가락 두 개를 집어넣어 몇 번인가 피스톤 운동을 하다가 금방 빼고는, 더러운 물건을 만지기라도 한 듯 내 허벅지에 젖은 손가락을 문질러 닦았다. 시바 씨의 표정을 보며 다시 젖어가는 것을 느꼈다.

"넣어줘요."

그렇게 말하자 시바 씨는 허벅지 근처를 맴돌던 손가락을 내 입에 쑤셔넣고 입 안을 헤집어댔다.

"맛없어?"

시바 씨의 말에 고개를 끄덕이자 입에서 손가락을 꺼내더니 그대로 질 속에 넣었다 빼곤 다시 입 안을 헤집었다. 손가락으로 건달의 입 안을 헤집던 아마의 모습이 겹쳐졌다.

"싫어?"

역시 고개를 끄덕이자 시바 씨는 손가락을 빼고 내 머리를 거칠게 침대 시트에 처박았다. 얼굴과 어깨와 무릎으로 몸을 지탱하고 있으려니 하반신이 부르르 떨렸다.

"부탁이에요. 빨리 넣어줘요."

"말이 많군."

시바 씨는 그렇게 내뱉고 다시 내 머리채를 잡아 베개에 처박았다. 그는 내 허리를 높이 들어올려 음부에 침을 뱉고 손가락으로 속을 마구 휘저어대더니 드디어 자기 물건을 집어넣었다. 처음부터 갑자기 깊숙이 파고들어오는 바람에 흐느낌 같은 내 신음 소리가 방 안에 울려퍼졌다. 정신을 차리자 정말로 눈물이 흐르고 있었다. 나는 기분이 좋으면 금방 눈물이 난다. 온몸이 흥분으로 가득 차오르는 것이 느껴졌다. 시바 씨는 피스톤 운동을 하면서 내 손목을 묶고 있던 벨트를 풀었다. 그리고 내 손이 자유로워지자 기세 좋게 페니스를 빼냈다. 그 순간 다시 눈물이 한 방울 흘러내렸다. 시바 씨는 나를 자기 위에 올려놓고 허리를 잡고 흔들었다. 음부 일대가 시바 씨의 피부에 쓸려 마비되는 느낌이었다.

"좀더 울어봐."

시바 씨의 말에 다시 눈물이 났다. 나는 "느낄 것 같아요" 하고 짧게 내뱉고는 허리를 부르르 떨었다. 절정에 도달하고 난 뒤 만족으로 움직이지 못하고 있자, 시바 씨는 귀찮다는 듯 나를 쓰러뜨리고 위로 올라왔다. 시바 씨는 깊이, 강하게 피스톤 운동을 하며 내 머리채를 잡거나 목을 조르거나 하면서 한동안 나의 고통스런 얼굴을 즐기고는 "간다!" 하고 사인을 보냈다. 혀를 뚫던 순간에 피어서를 들고 한 말과 똑같았다. 짧고 억양 없는 목소리. 끝까지 한 번 깊숙이 밀어넣었다 빼고는 내 입 안에 사정했다. 그 끝맺음은 지옥으로부터의 해방 같기도 하고, 천국으로부터의 추방 같기도 했다. 시바 씨는 곧장 침대에서 내려서더니 티슈로 자기 물건을 닦고 트렁크를 입었다. 나는 시바 씨가 던져준 티슈 통을 받아 거울을 보며 정액을 닦아냈다. 눈물로 화장이 지워져 있었다. 우리는 침대에 앉아 벽에 등을 기대고 멀거니 허공을 바라보며 담배를 피웠다. "재떨이 좀 줘"라든가 "덥네"라든가 하는 의미 없는 말을 주고받으며 잠시 동안 그대로 아무것도 하지 않고 앉아 있었다. 이윽고 시바 씨가 일어서더니 몸을 돌려 비웃는 듯한 눈으로 나를 보았다.

"너, 아마랑 헤어지고 내 여자 해라."

그 말에 나는 무심코 내뱉었다.

"시바 씨 여자가 되면 언제 죽을지 모르겠는데요."

시바 씨는 표정을 바꾸지 않고 입을 열었다.

"그건 아마의 여자여도 마찬가질걸?"

나는 순간 말을 잃었다.

"사귄다면 결혼을 전제로."

시바 씨는 그렇게 말하며 브래지어와 팬티를 나에게 던졌다. 팬티를 입으면서 시바 씨와의 결혼생활을 상상해보았다. 분명 서바이벌한 생활이 되겠지. 원피스를 입고 침대에서 내려오자 시바 씨는 작은 냉장고에서 막 꺼낸 캔커피를 따서 건네주었다.

"친절하네요."

"네 손톱이 귀신 같아서 따준 것뿐이야."

아무렇지도 않게 말하는 시바 씨에게 나는 잽싸게 키스를 했다.

"고마워요."

46

그 어두운 방 안과는 지극히 어울리지 않는 감사의 말이 갈 곳을 모르고 허공을 맴돌았다. 우리는 가게로 돌아왔고 시바 씨는 가게 문을 다시 열었다.

"근데 이 가게, 손님 거의 안 오죠?"

"거의가 피어싱이나 문신 손님이야. 그래서 보통 예약을 하고 오지. 이런 가게를 그냥 지나가다 들러보는 인간들이 있겠냐?"

"그건 그러네요."

카운터 안의 의자에 걸터앉아 혀를 낼름 내밀었다. 피어스를 손으로 확인해보았다. 이제 아프지 않다.

"저기, 이제 12 끼워도 될까요?"

"아직 안 돼. 한 달은 그대로 끼고 있어. 그러게 처음에 12로 했으면 좋았지."

시바 씨는 무뚝뚝하게 말하곤 플로어에서 카운터 안을 들여다보았다.

"디자인 완성되면 연락해줄래요?"

"응, 그땐 아마랑 같이 와. 피어스 보러 가자든가 적당히 둘러대서. 그러면 모르는 척 디자인을 보여줄 테니까."

"전화는 낮에 부탁해요. 아마가 알바하러 간 사이에."

"알았어"라고 대답하고 선반 정리를 계속하는 시바 씨를 바라보다 돌아갈까 하고 백에 손을 대는 순간, 시바 씨가 돌아보았다. 나는 무심코 우뚝 멈춰 서서 '왜요?' 하고 눈으로 물었다.

"난, 신의 아들일지도 몰라."

무표정하게 황당한 개그를 날리는 시바 씨.

"신의 아들? 스님 아들이 더 잘 어울리겠는데요."

"인간에게 생명을 부여하다니, 신은 사디스트가 틀림없어."

"마리아는 M이구요?"

"물론이지."

시바 씨는 그렇게 중얼거리곤 다시 선반으로 몸을 돌렸다. 나는 백을 집어들고 카운터를 나왔다.

"밥이라도 먹고 갈래?"

"아마가 돌아올 시간이에요."

"그래? 그럼 잘 가."

시바 씨는 그렇게 말하더니 난폭하게 내 머리를 쓰다듬었다. 나는 시바 씨의 오른쪽 팔뚝을 붙들고 기린을 쓰다듬었다.

"멋진 걸로 그려줄게."

시바 씨의 말에 웃음을 지어 보이고는 작게 손을 흔들며 발길을 돌렸다. 가게를 나오자 밖은 벌써 석양이 기울고 있었다. 상쾌한 공기에 외려 숨이 막혀왔다. 전차에 몸을 싣고 아마의 집으로 향했다. 역에서 집까지 가는 길, 가족 단위로 외출 나온 인파들로 붐비는 상점가에서 사람들의 시끄러운 목소리에 토할 것 같은 기분을 느꼈다. 천천히 걸어가던 내 다리에 어린아이가 부딪쳐왔다. 내 얼굴을 보고도 못 본 체하는 아이의 엄마. 나를 올려다보며 금방이라도 울음을 터뜨릴 것 같은 얼굴을 하고 있는 아이. 혀를 차며 가던 길을 서둘렀다. 이런 세계에 있고 싶지 않다는 생각이 강하게 들었다. 완전한 어둠의 세계에서 몸을 불사르고 싶다는 생각도 들었다.

아마의 집에 돌아와 곧바로 옷을 세탁기에 넣어 돌렸다. Desire에서는 언제나 달착지근한 향냄새가 난다. 분명히 옷에도 냄새가 배었을 것이다. 그러고 나서 욕실로 들어가 정성껏 몸을 씻었다. 청바지와 아마의 티셔츠로 갈아입고, 가볍게 화장을 하고 머리를 말렸다. 그리고 빨래가 끝난 원피스를 밖에 널고 겨우 한숨 돌리던 차에 달각 하는 소리와 함께 아마가 돌아왔다.

"어서 와."

"별일 없었어?"

만면에 미소를 띠고 있는 아마를 보고 나는 안심했다.

"오늘은 하루 종일 너무 졸렸어."

기지개를 펴며 아마가 말했다. 당연하다. 둘이서 아침까지 마셨으니까. 나 역시 간신히 버티는 중이다. 오늘 아침 아마를 보내고 난 후, 나는 웬일인지 다시 자지 않고 시바 씨에게 전화를 했다. 말하자면 모든 게 완전히 내 의지에 따른, 의외성이라곤 단 한 점도 없었던 하루였다. 단 하나, 오늘이라는 날의 덤으로 기린이 따라왔다. 그 기린이 내 몸에 살게 될 날이 멀게만 느껴진다. 아마가 아마데우스고 시바 씨가 신의 아들이라면, 나는 그저 일반인이어도 상관없다. 단지, 어떻게든 태양의 빛이 와 닿지 않는 언더그라운드의 사람으로 있고 싶다. 아이의 웃음소리나 사랑의 세레나데가 들려오지 않는 장소는 없는 걸까?

술집에 가서 저녁을 먹고 방에 돌아와 평범한 섹스를 한 뒤, 아마는 정신을 잃은 듯 곯아떨어졌다. 나는 아마의 자는 얼굴을 바라보며 맥주를 마셨다. 내가 시바 씨와 섹스를 한 사실을 알면 아마는 그 추잡한 남자에게 한 것처럼 나도 묵사발로 만들어버릴까? 어차피 죽는 거라면, 아마데우스보다는 신의 아들에게 죽고 싶다. 하지만 분명 신의 아들은 사람을 죽이지 않겠지. 침대에서 쑥 비어져나와 있는 아마의 손에는 예의 그 다부져 보이는 은반지가 빛나고 있었다.

생각을 다른 데로 돌리려고 텔레비전을 틀어봤지만, 시시한 버라이어티 쇼나 따분한 다큐멘터리밖에 하지 않아서 채널을 한 바퀴 돌리고는 전원을 껐다. 아마의 방에 있는 잡지들은 전부 남성용 패션지뿐이고, 컴퓨터는 사용할 줄 모른다. 나는 혀를 차며 신문을 집어들었다. 그렇고 그런 애기들뿐인 스포츠 신문이지만, 여하튼 이것이 내 유일한 정보원이다. 텔레비전 프로그램난에서 심야 프로를 체크하고, 뒤에서부터 훑어본다. 이 일본에서 매일같이 살인사건이 일어나고, 유흥업계도 요즘 불경기라는 사실 정도밖에 알 수 없었다. 그런데 문득 작은 기사 하나에 눈길이 멈췄다. '신주쿠노상에서 29세 폭력배 피살'이라는 제목에서 어제의 남자가 떠올랐다. 아냐…… 그 남자는 훨씬 나이가 많을 것이었다. 그 얼굴로 이십대라면 나나 아마 못지않게 겉늙은 얼굴이다. 뭐, 비슷한 사건이 같은 신주쿠에서 일어난 거겠지. 후— 하고 심호흡을 한 뒤 기사를 읽었다. '피해자는 병원으로 옮겨졌으나 사망. 범인은 도주중. 목격자의 증언에 의하면 범인은 이십대 중반의 빨간 머리, 키 175~180센티미터에 마른 편인 남자.' 기사와 잠들어 있는 아마를 비교해보고 신문을 덮었다. 하지만 만에 하나 이것이 아마가 일으킨 그 사건이고 목격자가 그때 그 남자의 일행이라면, 범인의 특징으로 제일 먼저 얼굴의 피어싱과 문신을 들었을 것이 아닌가? 모르긴 몰라도 분명 아마는 아닐 거야. 그런 근거 없는 자신이 있었다. 틀림없이 아마와 비슷한 남자가 29세의 폭력배를 죽인 거야. 아마가 때린 남자는 틀림없이 살아 있어. 그렇게 단단히 믿었다. 나는 백을 집어들고 방을 나와 빠른 걸음으로 편의점으로 향했다. 탈색약과 회색 염색약을 사서 방으로 돌아와 쌕쌕 숨소리를 내며 자고 있는 아마를 흔들어깨웠다.

"응? 루이? 무슨 일이야?"

잠이 덜 깬 목소리로 묻는 아마를 일으켜 거울 앞에 앉혔다.

"뭐야? 뭐 하는 거야?"

"뭐 하긴. 머리 색 바꾸는 거야. 전부터 맘에 안 들었어. 이 기분 나쁜 빨간 머리."

아마는 영문을 모르겠다는 표정인 채로, 내가 말하는 대로 트렁크 한 장만 남기고 옷을 벗었다.

"도대체 말이야, 새카만 피부에 빨간색이 어울린다고 생

52

각해? 아마는 센스가 없어도 너무 없어."

탈색약을 섞으면서 독한 냄새에 얼굴을 찌푸리고 있는데,
아마는 무슨 일인지 얼굴 가득 미소를 띠고 있었다.

"루이는 정말 자상해. 나, 이제부터 센스를 좀더 갈고 닦
을 테니까, 루이가 많이 도와줘."

아마는 긍정적으로 해석해준 듯하다. 확실히 아마는 행복
한 인간이다. 나는 "그래, 그래" 하고 흘려들으며 머리카락
을 부분부분 나누어 탈색약을 바르기 시작했다. 머리 색을
바꾼다고 어떻게 되는 건 아니지만, 바꿀 수 있는 것이라면
바꾸는 게 좋다고 생각했다. 탈색약은 반반씩 나누어 사용했
다. 머리를 헹구고 드라이어로 말리자 빨간색이 빠져 금색이
되어 있었지만, 빨간색에서 회색으로 바꿀 때처럼 반대되는
색을 넣을 때에는 주의해서 정성껏 탈색을 하는 것이 좋다
고, 언젠가 단골 미용실 미용사에게 들은 적이 있다. 남은 탈
색약을 섞어 다시 한번 먼저와 같은 과정을 반복하자 아마의
머리는 거의 흰색에 가까운 금색이 되었다. 드라이어로 완전
히 말린 뒤, 이번에는 염색약을 발랐다. 아마는 졸음이 극에
달했는지 계속 멍한 상태였다. 확실히 불쌍하긴 했지만, 이
것도 어디까지나 아마를 위해서 하는 거니까, 하고 마음을

고쳐먹었다. 약을 다 바르고 머리에 랩을 씌우자 아마는 몽롱한 눈으로 나에게 웃음을 지었다.

"고마워, 루이."

신문을 보여주는 게 나을지 어떨지 생각했지만, 나는 아무 말 않고 손을 씻으러 욕실로 향했다.

"회색이 되면 보기에 좀 나아질까?"

"지금도 아주 못 봐주겠단 소리는 아냐."

그렇게 말하며 욕실에서 얼굴을 내밀자 아마는 빙긋 웃었다.

"나, 루이를 위해서라면 빡빡머리도 좋아. 옷도 루이한테 맞춰 입을 수 있어. 미백이라도 하라고 하면 할게."

"제발 참아줘."

아마는 특별히 보기 흉하다거나 하진 않다. 눈빛은 험악하지만, 그래도 오히려 보기 좋은 축에 속한다고 봐야 옳다. 단지 문신과 얼굴의 피어스가, 보기 좋다든가 나쁘다든가 하는 차원을 넘어설 뿐. 분명 모르는 사이로 길거리에서 마주쳤다면 얼굴이 아깝다고 생각했을 것이다. 그렇지만 지금은 아마의 기분을 이해할 수 있다. 나도 지금 내가 겉모습으로 판단되길 바라고 있다. 빛이 들지 않는 장소가 이 세상에 존재하지 않는다면 스스로를 어둠으로 만들어버리는 방법은 없을까 모색하고 있다.

약을 바르고 십 분 정도 지나자 아마는 안절부절못하고 아직 멀었냐고 몇 번이나 물었다. 심정이야 충분히 이해가 되지만, 나는 빨간 기미란 기미는 털끝만치도 남기면 안 된다는 생각으로 기를 쓰고 있었다. 결국 나는 삼십 분 이상을 방치한 뒤, 랩을 벗기고 머리털 속에 손가락을 넣어 박박 긁어 댔다.

"뭐 하는 거야?"

"산화시키는 거야. 공기랑 접촉시키면 색깔이 깊어지거든."

염색이 고르게 되었는지 체크한 다음 "이제 됐어" 하고 아마에게 목욕 타월을 건넸다. 아마는 "네" 하고 대답한 뒤 의기양양해서 욕실로 향했다. 아마가 욕실에서 나올 때까지 나는 다시 한번 그 기사를 훑어보았다. '아마가 아니야. 아마일 리가 없어.' 스스로 그렇게 생각하려고 애를 썼다. 아마에 대해 특별히 내세울 만큼 좋아하는 감정이 있는 것도 아닌데, 지금 나는 어째서 이렇게 필사적인 걸까? 아무리 생각해도 답이 나오지 않았다.

욕실에서 나온 아마의 머리를 말리고 세팅해주자, 그는 거울을 향해 눈을 부리부리하게 떠 보이며 미소를 지었다.

"관둬. 쏠려."

내가 중얼대자 아마는 볼멘 얼굴로 돌아보았다. 아마의 머리는 보기 좋은 회색이 되어 있었다. 완전히 회색 그 자체였다. 그 빨간 머리일 때의 인상은 어디에서도 찾아볼 수 없었다.

"아마, 내일부턴 의무적으로 긴 팔 옷을 입도록 해."

"왜? 아직 덥잖아?"

"거참, 말 많네. 하라는 대로 할 것이지. 허구한 날 나시 같은 것만 입으니까 건달로밖에 안 보이잖아."

그렇게 말하자 아마는 풀이 죽은 표정으로 "네" 하고 대답했다. 문신은 너무 눈에 띈다. 어쩌면 경찰이 수사를 위해 문신에 대한 것은 발표하지 않았는지도 모른다. 나는 스스로도 좀 심하다 싶을 정도로 그 기사에 연연하면서 이렇게 분석해보고 저렇게 분석해보기를 거듭했다. 그리고 건달 같은 옷은 입지 말라는 둥, 머리를 기르라는 둥, 밖에선 눈에 띄는 행동을 삼가라는 둥 아마에게 갖가지 주의를 주었다. 아마는 잡아먹을 듯한 내 태도에 영문을 모르겠다는 듯 당혹해하면서도 "알았어, 약속할게"라고 말하고 나를 꼭 끌어안았다.

"루이를 위해서라면 그 정돈 약과야."

그렇게 말하며 나를 침대로 이끄는 아마는, 손톱만큼도 살인범으로 보이지 않았다.

'괜찮아. 아마는 언제나 멍청하고 바보 같은 모습으로 내 옆에서 웃고 있을 거야.'

침대 속에서 아마는 내 캐미솔을 들추고 젖꼭지를 빨았다. 그 입에서 서서히 힘이 빠져나가고 아마가 고른 숨소리를 내기 시작하자 나는 캐미솔을 내리고 불을 끈 뒤 눈을 감았다. 어둠 속에서 나는 기도했다. '아마가 잡히지 않게 해주세요.' 누구에게 기도하고 있는 것인지도 몰랐다. 하지만 뭐든 상관없었다. 졸음이 해일처럼 나를 덮쳐오는 것이 느껴졌다.

다음날, 한동안 쉬고 있던 도우미 아르바이트를 나가게 되었다. 점심때가 지나 전화벨 소리에 잠을 깼다. 사람이 부족한데 좀 나와줄 수 없냐는 말에 별로 내키지 않아 망설이고 있는데, 매니저가 삼만 엔 줄 테니 나오라며 사정했다. 아마와 만나고 나서부터는 줄곧 그의 돈으로 생활해왔기 때문에 이제 아르바이트 따위는 그만둘까 하고 생각하던 참이었다. 그래, 아르바이트비 받아서 맛있는 고기에 술이나 마시자, 하고 나는 무거운 몸을 일으켰다. 도우미 아르바이트는 등록제, 일당제여서 부담이 없다는 점에 끌려 반년 전부터 시작했다. 호텔 이벤트 행사장에서 술을 따르며 돌아다니기만 하면 되는 간단한 일이지만, 두 시간짜리 파티 한 건당 보통이 이만 엔. 그럭저럭 먹히는 얼굴로 태어나길 정말 다행이다.

호텔 로비에서 매니저와 다른 도우미들을 만난 건 약속시간이 좀 지나서였다. 매니저는 나를 발견하자 얼굴을 활짝 펴고는 "잘 왔어" 하며 미소지었다. 준비실에서 제각기 기모노를 배당받았다. 나는 먼저 혼자서 기모노를 입지 못하는 아이들이 옷 입는 것을 도왔다. 기모노 입는 법은 이 아르바이트를 시작하면서 어깨너머로 배운 것이었지만, 이제는 어느덧 혼자서도 완벽하게 입을 수 있게 되었다. 나는 화려한 빨간색 기모노를 받아서 입고, 가지고 온 갈색 생머리 가발을 썼다. 일류 기업 파티의 도우미로 노란 머리는 어울리지 않는다. 그렇다고 염색을 하기도 싫고 해서 아르바이트를 할 때면 언제나 가발을 가지고 다녔다. 가발 머리를 틀어올리고 있는데 매니저가 말을 걸어왔다.

"나카자와 씨!"

오랜만에 그렇게 불리고 보니 나에게도 그런 성이 있었다는 사실이 새삼스럽게 느껴졌다.

"저기 말이야, 그 피어스……"

매니저는 대단히 미안하다는 듯 말했다. 아차, 하며 귀의 피어스에 손을 가져갔다. 하마터면 잊어버릴 뻔했다. 일반적인 귀걸이라면 아무 말도 안 하지만, 확실히 0Ga쯤 되고 보면 기모노하고도 어울리지 않고, 일류 기업의 나리들께서 질색을 할지도 모른다. 다섯 개의 피어스를 빼서 화장품 가방에 넣었다. 이빨 두 개가 살짝 보였다. 혹시 그 신문에 실린 사건이 아마가 저지른 것이라면, 경찰은 남자의 이빨 두 개가 없어진 사실을 눈치챘을까?

"나카자와 씨?"

또다시 매니저가 부르는 목소리가 들렸다. 짜증스러웠지만 "네?" 하고 돌아보았다. 매니저의 얼굴에 놀라운 기색이 역력했다.

"나카자와 씨, 그거 피어스야?"

혀 피어스를 말하는 거였다.

"네, 그런데요."

매니저는 곤혹스러운 표정을 짓더니 "뺄 수 있는 거야?" 하고 물었다.

"아, 뚫은 지 얼마 안 돼서 아직 빼면 안 되는데……"

그렇게 대답하자, 매니저는 고개를 갸웃거리며 "그래도…… 그게 말이야……" 하고 말을 더듬었다.

"괜찮을 거예요. 입을 열어 보일 일도 없으니까."

생글거리며 다가서자, 매니저는 얼굴을 풀며 "할 수 없군" 하고 작은 소리로 말했다. 매니저는 내가 마음에 드는지 웬만한 일은 생긋 하고 한번 웃어주면 해결된다. 그래서 다른 도우미들은 거의 다 나를 싫어한다.

행사장으로 들어간 우리들은 얼굴 가득 미소를 띠며 한 손에 트레이를 들고 맥주나 와인을 따르고 다녔다. 예전과 달라진 게 전혀 없었다. 따분하기 그지없는 스탠딩 파티. 잠시 후 나는 동료들 가운데 유일한 친구인 유리와 함께 준비실에서 빈 병 정리를 하는 척하면서 맥주를 마시며 피어싱에 관해 수다를 떨고 있었다.

"놀랍다, 놀라워. 설마 혀까지 뚫을 줄이야."

유리의 반응은 마키와 거의 똑같았다.

"남자 때문이지?"

유리는 다 안다는 듯 씩 웃으며 엄지손가락을 세워 보였다.

"뭐 그런 셈이지. 남자보다도 그 혓바닥에 홀린 셈이지만."

화제가 혀에 관한 이야기에서 아랫도리에 관한 이야기로 옮아가 둘이서 꺄아, 꺄아 소리를 지르며 흥분해 있는데 매니저가 부르러 왔다. 할 수 없이 우리는 마지막으로 맥주를 한 잔씩 더 마시고 입냄새 제거제를 뿌린 뒤 행사장으로 돌아왔다.

두 시간짜리 파티에서 높으신 나리들로부터 열세 장의 명함을 건네받았다. 그리고 파티가 끝난 뒤 유리와 함께 그것을 구경했다.

"이거 괜찮지 않아? 이사래!"

유리는 탄성을 지르며 한 장 한 장 품평해간다.

"그래봐야 얼굴도 기억 안 나. 기껏해야 영감탱이겠지."

솔직히 말해, 양복을 쫙 빼입은 엘리트들에겐 별 흥미도 없을뿐더러, 그 사람들 역시 혀에 피어스를 하고 있는 여자 따위엔 관심 없을 것이다. 어느 파티에 가든 참한 일본 전통 여성상을 가장하는 나는 수많은 명함을 건네받곤 하지만, 그런 내 이미지는 결국 완전한 모조품. 스플릿 텅을 완성시키면 이 아르바이트도 더이상 할 수 없게 된다. 혀를 거울에 비춰보며 빨리 구멍을 확장하고 싶다고 생각했다.

우리는 그후 다른 호텔에서 같은 일을 한 번 더 반복하고 저녁 여덟시에 해산했다. 유리와 함께 아르바이트비를 받으러 사무실에 들렀다가 집으로 가기 위해 역까지 동행했다. 휴대폰이 울리자 유리가 엄지손가락을 치켜들며 눈을 찡긋해 보였다. 아마의 전화였다. 그러고 보니 집에 메모를 남기거나 중간에 문자를 보내려고 했었는데 완전히 잊어버리고 있었다.

"여보세요? 루이? 어디야? 뭐 해?"

아마는 금방이라도 울음을 터뜨릴 듯한 목소리로 다그쳤다.

"아, 미안. 갑자기 도우미 알바가 들어와서. 지금 집에 가는 중이야."

"도우미? 알바 같은 것도 했어? 무슨 일인데?"

"아유, 정말 말 많네. 등록제 알바야. 네가 생각하는 이상한 거 아니니까 안심해."

아마의 빗발치는 질문에 짜증을 억누르고 있는 나를, 유리는 웃음을 참으며 지켜보고 있었다. 역 앞에서 만날 약속을 하고 전화를 끊자 유리는 참았던 웃음을 터뜨렸다.

"뭐야? 그 남자, 구속이 꽤 심한가봐?"

"아, 이렇게 어린애처럼 굴어서 사람 열받게 한다니까."

"귀엽잖아!" 하고 말하며 유리는 나를 쿡 찔렀다.

귀엽기만 하면 좋지…… 그런 생각을 하며 한숨을 쉬었다. 역에서 유리와 헤어져 집으로 향하는 전차에 올라탔다. 이십 분 정도 차 안에서 흔들리다 역에 도착해서 가벼운 발걸음으로 계단을 올랐다. 개찰구 저쪽에 아마의 모습이 보였다. 손을 흔들자 아마는 예의 그 바보 같은 얼굴을 하며 나에게 손을 흔들었다.

"집에 오니까 루이는 없지, 메모 한 장 남겨진 게 없지…… 집 나간 줄 알고 걱정돼서 죽을 뻔했잖아."

고깃집에 들어가 앉아 맥주를 주문하는데 아마가 그렇게 말했다.

"아니니까 됐잖아. 덕분에 이렇게 맛있는 것도 먹고."

아마는 아르바이트 내용에 대해 꼬치꼬치 캐묻더니, 결국 이상한 일이 아니라는 걸 인정했는지 평소의 스마일로 돌아갔다.

"나도 루이가 기모노 입은 모습 보고 싶은데……"

아마는 그렇게 구시렁대며 내 접시에 레몬을 짜주었다.

고기도 맛있고, 맥주도 맛있고, 최고의 만찬이었다. 일하는 건 정말 싫지만, 일한 뒤 마시는 맥주는 평소보다 맛있다. 그 것이 노동의 유일한 보람이었다. 기분이 좋아진 나는 아마의 머리 색을 칭찬해주기도 하고, 드물게 그의 시시한 개그에 웃어주기도 했다.

'괜찮아. 아마의 머리는 이미 회색이고, 내 앞에서 행복하 게 웃고 있어. 불안할 거 하나도 없어.'

덥다. 이 빌어먹을 더위도 어느덧 늦더위라 불리는 시점 에 이르렀다. Desire에서 기린 문신을 본 날로부터 삼 주 남 짓. 드디어 시바 씨에게서 전화가 왔다.

"생각처럼 잘 안 그려져서 고생 좀 했지."

시바 씨는 그렇게 말하며 디자인에 들인 공을 잠깐 내비치 더니 "빨리 보여주고 싶어" 하고 나지막이 말했다. 혀 피어 스도 어느새 12Ga가 되어 있었다.

다음날, 나는 피어스를 보러 가자고 아마를 졸라 함께 Desire로 향했다. 가게에 도착하자 시바 씨는 기다렸다는 듯 우리를 안쪽 방으로 데리고 들어가더니 책상 서랍에서 종이 를 한 장 꺼냈다. "이야, 끝내주는데!" 하고 탄성을 지르는 아마. 나 역시 그 그림에 못 박힌 듯 꼼짝할 수가 없었다. 시바 씨는 그런 우리를 만족스러운 듯 바라보며 어린애가 장난 감을 자랑하듯 "꽤 괜찮지?" 하고 중얼거렸다.

"이거, 새겨줘요."

나는 한눈에 결정했다. 그런 기린이 내 등에 살게 된다니, 생각만 해도 오싹오싹하다. 금방이라도 종이에서 튀어나올 듯한 용과, 그 용을 뛰어넘으려는 듯 앞발을 높이 들어올린 기린. 그들은 내 일생의 반려자가 되기에 더할나위없었다.

"그러지 뭐."

시바 씨가 씩 웃으며 그렇게 대답하자, 아마는 "잘됐다!" 하고 뛸 듯이 기뻐하며 내 손을 잡았다. 이런 멋진 문신은 이제까지 본 적이 없다. 우리는 곧장 문신을 넣을 위치와 크기를 확인했다. 왼쪽 어깨 뒤쪽에서 등에 걸쳐서, 아마보다는 좀 작은 듯한 15×30센티미터 정도. 삼 일 후에 시술하기로 했다.

"전날은 절대로 술 마시지 말 것! 그리고 될 수 있는 대로 빨리 자는 게 좋아. 꽤 체력을 소모하는 작업이니까."

시바 씨의 말에 오히려 아마가 잘 알겠다는 듯 고개를 끄덕였다.

"걱정 마요. 내가 잘 알아모실 테니까."

아마는 그렇게 말하며 시바 씨의 어깨를 두드렸다.

시바 씨가 질렸다는 표정으로 슬쩍 내 얼굴을 보더니, 일순 섹스할 때의 그 차가운 눈빛을 보냈다. 내가 눈웃음을 짓자 시바 씨는 입술만 움직여 웃었다.

그후, 같이 밥 먹으러 가자는 아마의 제안에 시바 씨는 조금 일찍 가게 문을 닫았다. 셋이서 거리를 걷고 있으니 지나가는 사람들이 모두 피해갔다.

"휘유! 역시 시바 씨랑 걸으니까 다들 한 번씩은 돌아보네요."

"너 때문이야, 임마. 네가 그런 깡패 같은 몰골을 하고 있으니까 그렇지."

"무슨 소리예요? 시바 씨야말로 심하게 펑크한 주제에."

"좀 조용히 하시죠. 둘 다 험악하긴 막상막하니까."

내 말에 두 사람은 입을 다물었다.

"그래도 깡패랑 펑크족이랑 갸르라니, 참 희한한 구성이다. 그지?"

아마가 그렇게 얘기하며 나와 시바 씨를 번갈아 보았다.

"갸르 아니라니까! 그건 그렇구, 나 맥주 마시고 싶어. 어디 술집으로 들어가자."

나는 아마와 시바 씨를 양쪽에 끼고 사람들로 북적이는 번화가를 걸었다. 값싼 서민 취향의 술집으로 들어가 자리에 앉자, 다른 손님들이 우리를 힐끗 쳐다보고는 날을 잘못 골랐다는 듯한 얼굴로 눈길을 피했다. 우리는 맥주로 건배를 하고 문신 이야기에 몰두했다. 아마의 문신 체험담에서부터 시바 씨가 시술사가 되고 얼마 안 됐을 때 힘들었던 얘기, 기린 그림을 그리면서 힘들었던 얘기 등등. 결국에는 두 사람 모두 웃옷을 홀딱 벗어던지고 여기는 새긴 방식이 어떻다, 여기는 그러데이션이 어떻다 하고 열변을 토하는 바람에, 그런 두 사람을 보고 있던 나는 웃음을 터뜨리지 않을 수 없었다. 그때 나는 시바 씨가 즐거워하는 모습을 처음 봤다는 사실을 문득 깨달았다. 둘이 있을 때는 결코 보여주지 않았던 표정이었다. S도 때로는 이렇게 환하게 웃기도 하는구나. 옷좀 입으라는 둥, 좀 조용히 하라는 둥 잔소리를 해대면서 나는 기분 좋게 맥주를 마셨다. 멋진 그림, 즐거운 술자리, 맛있는 맥주. 오로지 이것만 있으면 앞으로 모든 일이 잘 풀릴 것 같은 기분이 들었다. 아마가 화장실에 간 사이 시바 씨는 몸을 앞으로 내밀어 내 머리를 쓰다듬었다.

"그 정도면 불만 없지?"

"물론이죠."

"예쁘게 새겨줄게."

시바 씨의 말은 어딘가 힘이 넘쳤다. 이 사람을 만나길 정말 다행이라는 생각이 들었다.

"시바 씨 손에 맡기는 거 치고는 싼 편이죠?"

"신의 손?"

시바 씨는 쓴웃음을 지으며 그렇게 말하고는 테이블 위에 올린 손을 활짝 펴 보였다.

"문신 새길 때, 널 죽이고 싶어지면 어떻게 하지?"

시바 씨는 다시 원래의 차가운 눈으로 되돌아가 자기 손을 바라보았다.

"그것도 나름대로 괜찮지 않아요?"

나는 그렇게 말하고 맥주를 들이켰다. 아마가 돌아오는 것이 보였다.

"남한테 이렇게 강한 살의를 느끼긴 처음이야."

시바 씨의 말이 끝나자마자 아마가 바보같이 웃으며 테이블로 돌아와 앉았다.

"화장실이 오바이트투성이야. 나까지 토하는 줄 알았네."

아마의 말에 아무 일도 없었다는 듯 분위기는 금방 원래대로 돌아갔다. 나를 위해 다른 남자를 죽일 듯 패준 남자와, 나에게 강한 살의를 지닌 남자. 언젠가 이 두 사람 중 누군가에게 죽을 날이 있을까.

이틀 후, 아마는 냉장고 안의 술이란 술을 모조리 부엌 싱크대 선반 안에 밀어넣고는 체인을 감고 자물쇠를 채웠다. "내가 알코올 중독이야?"라고 항의하자, "알코올 중독 초기에 가깝지" 하며 아마는 열쇠를 호주머니에 집어넣었다.

"내가 없는 동안 맥주 사러 가거나 하면 혼나."

그렇게 말하고 아마는 일을 하러 갔다.

사람을 뭘로 보는 거야? 하루쯤 술 안 먹는다고 내가 어떻게 될 것 같아? 그렇게 생각하며 싱크대 선반을 가볍게 두드렸다. 그러나 그날 저녁 아마가 돌아올 즈음 내 머릿속은 온통 맥주 생각으로 가득 차 있었다. 요사이 매일같이 점심 저녁 거르지 않고 맥주를 마셔댄 것이 떠올랐다. 일상화되어 있어서 미처 깨닫지 못했지만, 술이라는 것이 얼마나 중독성이 강한지 새삼 깨달았다. 아마가 돌아오자, 나는 쌓였던 것을 폭발시키기라도 하듯 화풀이를 해댔다. 아마는 마치 그럴 줄 알았다는 듯한 얼굴로 나를 달랬다.

"그러게 내가 말했잖아. 루이는 전혀 자각을 못 하고 있는 거야. 늘 술에 빠져 살고 있으니까."

"시끄러워! 술을 마시고 싶다는 게 아니야. 네 얼굴을 보고 있으니까 열받아서 그래!"

"알았어, 알았어. 술은 잊어버리고 밥 먹고 빨리 자자. 내일이 드디어 결전의 날이니까."

아마에게 애 취급을 받다니 이게 무슨 꼴인가? 그렇게 생각하면서 나는 밖에 나갈 준비를 했다. 저녁은 술 없이 규동* 뿐이었다. 달짝지근한 규동을 앞에 놓고 있으니 다시 화가 치밀어올라, 시치미**를 잔뜩 뿌려 먹었다. 아마는 그런 나를 아이를 바라보는 자애로운 엄마 같은 눈으로 지켜보았다. 그런 아마의 시선이 짜증스러워서 몇 번이고 아마의 머리를 쥐어박았다.

집에 돌아오자 아마는 차례차례 지시를 내리기 시작했다. 그 탓에 아직 여덟시도 안 됐는데 샤워를 하고, 아마의 셔츠를 입고, 아마가 만든 설탕을 잔뜩 넣은 뜨거운 우유를 억지로 마시고, 침대에 누웠다.

---

* 일본식 쇠고기덮밥.
** 고춧가루에 깨, 겨자씨를 비롯한 여섯 가지 향신료를 섞은 것.

"잠이 올 리가 없잖아! 어제 몇시에 잔 줄 알아?"

"힘내. 얼른 자는 거야. 양이라도 세줄까?"

부탁도 안 했는데 아마가 양을 세기 시작해서, 나는 어쩔 수 없이 눈을 감았다. 양이 백 마리를 넘어갔을 즈음, 아마가 갑자기 입을 다물고 나를 꼬옥 끌어안았다.

"내일 나도 같이 갈까?"

"무슨 소리야? 아르바이트 있잖아. 일 안 가?"

내 말에 아마는 금세 풀이 죽었다.

"시바 씨를 못 믿는 건 아니지만, 걱정된단 말이야. 두 사람만 있는 거."

나는 한숨을 쉬었다.

"걱정 마. 시바 씨는 프로잖아? 그런 짓 할 사람도 아니고."

"그치만 조심해, 정말로. 그 인간 가끔씩 무슨 생각 하는지 전혀 갈피가 안 잡힐 때가 있단 말이야."

"너처럼 갈피가 너무 잘 잡혀서 탈인 사람이 더 드물걸?"

그렇게 말하자 아마는 힘없이 웃었다. 아마는 내 옷을 벗기고 엎드리게 하더니 등을 몇 번이나 어루만지고 키스를 했다.

"내일은 여기 용이 들어간단 말이지?"

"기린도."

"루이는 피부가 하얘서 좀 아까운 생각도 들지만, 문신이 들어가면 더 섹시해지겠지?"

아마는 계속해서 등을 애무하더니 뒤에서 삽입했다. 결국 아마는 늘 그렇듯 음부에 사정을 했고, 나 역시 늘 그렇듯 투덜거리며 욕실로 향하는 장면을 연출했다. 욕실에서 나오자 아마는 역시 사과를 하고 내 몸을 구석구석 빠짐없이 마사지해주었다. 몸이 풀리자 의식이 서서히 몽롱해지기 시작하더니 졸음이 눈앞에까지 몰려왔다. 내일 시바 씨에게 가기 전에 피어스를 10Ga로 바꾸기로 마음먹었다.

Desire에 도착해보니 이미 문에는 CLOSED 팻말이 걸려 있었다. 날씨가 더워 하늘하늘한 원피스가 이미 축축하게 젖어 있었다. 문을 열고 안으로 들어가자 카운터 안에서 커피를 마시고 있던 시바 씨와 눈이 마주쳤다.

"어서 오세요!"

시바 씨는 활기 넘치게 인사하고는 손짓을 했다. 안쪽 방으로 들어가니 테이블 위에 용과 기린 디자인이 올려져 있었다. 시바 씨가 검정색 가죽 가방을 테이블 위에 올려놓고 활짝 펼쳤다. 거기에는 끝에 바늘이 몇 개씩 박혀 있는 막대기

나 잉크 등, 나에게는 그저 신기할 뿐인 여러 가지 낯선 도구들이 들어 있었다.

"어제는 잘 잤어?"

"아마가 하도 들볶아서 여덟시에 침대에 누웠어요."

시바 씨는 피식 웃더니 침대에 시트를 깔았다.

"옷 벗고, 머리를 책꽂이 쪽으로 하고 누워."

시바 씨는 잉크와 바늘 따위를 꺼내며 내 쪽은 쳐다보지도 않고 말했다. 나는 원피스와 브래지어를 벗고 침대에 누웠다.

"오늘은 라인만 넣을 거야. 그럼 형태가 완전히 정해지는 거지. 지금이라도 형태를 바꿀 수 있어. 어떡할래?"

나는 몸을 일으켜 시바 씨를 보았다.

"한 가지 부탁이 있어요. 용하고 기린하고, 둘 다 눈은 그리지 말고 그냥 남겨뒀으면 좋겠어요."

시바 씨는 순간 말문이 막힌 듯한 얼굴이 되더니 이윽고 천천히 입을 열었다.

"눈동자를 그리지 말라는 얘기야?"

"네, 눈동자는 안 그렸으면 좋겠어요."

"왜?"

"화룡점정이란 얘기가 있잖아요. 눈동자를 그렸더니 날아갔다는."

시바 씨는 천천히 고개를 끄덕이며 눈을 들어 허공을 주시했다. 그리고 내 쪽을 보았다.

"일리가 있네. 알았어. 용이랑 기린에 눈동자는 넣지 않을게. 그 대신 얼굴이 흐리멍덩해질지 모르니까 임팩트를 주기 위해서 눈의 녹색 라인에 그러데이션을 넣을게. 그걸로 됐어?"

"오케이! 고마워요, 시바 씨."

"까다로운 건 알아줘야겠군."

시바 씨는 그렇게 말하며 침대 옆 의자에 앉아 내 볼을 쓰다듬었다.

시바 씨는 면도기로 내 왼쪽 어깨부터 허리까지 솜털을 깨끗이 밀어냈다. 그리고 가제로 소독을 한 뒤, 트레이싱 페이퍼를 이용해 등에 밑그림을 그려넣었다. 밑그림을 옮긴 뒤, 시바 씨는 그것을 거울에 비춰 보여주고는 "이대로 좋아?" 하고 물었다. "오케이!" 하고 대답하자 시바 씨는 가방을 뒤져 손잡이가 달린 굵은 볼펜 같은 물건을 꺼냈다. 틀림없이 문신을 새겨넣는 도구겠지.

"이거 좀 봐요. 10Ga 했어요."

시바 씨 쪽으로 얼굴을 돌리고 혀를 내밀어 보이자 시바 씨는 그날의 최고의 미소를 보여주었다.

"그쪽도 착착 진행중이네. 너무 무리해서 서두르진 마. 귀하고 달라서 점막은 염증이 생기면 위험하니까."

입을 삐쭉 내밀고 "네" 하고 대답하자, 시바 씨는 내 입술을 매만지며 "많이 아팠지?" 하고 물었다. 역시 "네" 하고 대답하자, 그는 다시 내 머리를 어루만져주었다.

"자, 간다!"

시바 씨는 내 등에 손을 댔다. 고무로 된 시술용 장갑을 끼고 있어서 차가운 감촉이 느껴졌다. 고개를 끄덕여 보이자, 곧 등에 뜨끔한 아픔이 느껴졌다. 생각했던 것만큼은 아프지 않았지만 바늘이 안으로 들어올 때마다 온몸에 약간씩 힘이 들어갔다.

"바늘을 찌를 때 숨을 내쉬고, 뺄 때 들이쉬고 해봐."

시바 씨가 말한 대로 하자 조금 편해졌다.

시바 씨는 마치 그림을 그리듯 슥슥 작업을 진행했다. 그리고 두 시간 정도 지나자 용과 기린의 라인이 완성되었다. 시바 씨는 문신을 새기는 내내 한마디도 하지 않고 줄곧 침묵을 지켰다. 슬쩍슬쩍 눈길을 던져 관찰해보니, 얼굴에 땀이 돋아날 만큼 정신을 집중해서 문신을 새기고 있었다. 마지막 바늘을 빼내고 내 등을 타월로 닦아낸 시바 씨는, 기지개를 켜고 우두둑거리며 목운동을 했다

"너, 아픈 거 하난 정말 잘 참는구나? 처음 하는 사람들은 대개 처음부터 끝날 때까지 아야! 아야! 하면서 엄살을 떠는데."

"흐응, 내 쪽이 불감증인 건가?"

"그럴 리는 없지. 그렇게 좋아 죽으면서."

시바 씨는 담배에 불을 붙여 한 모금 깊게 빨고 내 입에 물려주었다. 그리고 다시 한 개비를 뽑아들더니 불을 붙여 피우기 시작했다.

"참 친절하네요."

놀리듯 말하자 시바 씨는 웃으며 "원래 첫번째 한 모금이 제일 맛있거든" 하고 말했다.

"거짓말, 제일 맛있는 건 역시 두번째죠."

시바 씨는 대답 없이 픽 웃었다.

"그런데, 죽이고 싶진 않았어요?"

"아, 그래서 문신에만 집중하려고 애썼어."

나는 엎드린 채 재떨이로 손을 뻗어 재를 떨었다. 재는 아

무런 느낌 없이 재떨이 안으로 툭 떨어지고, 작은 재들이 재떨이 밖으로 날렸다.

"혹시 언젠가 죽고 싶단 생각이 들면 나한테 맡겨줘."

시바 씨는 내 뒷목에 손을 가져다댔다. 가볍게 미소지으며 수긍하자 시바 씨는 빙그레 웃으며 "죽이고 나서 섹스해도 돼?" 하고 물었다.

"죽은 다음의 일은 아무래도 상관없어요."

나는 어깨를 으쓱해 보였다. '죽은 자는 말이 없다'는 말도 있는 것처럼, 그 무엇에도 감상을 표현할 수 없게 된다니 그렇게 무의미한 일이 또 어디 있을까. 그래서 나는 묘비 따위에 엄청난 돈을 쏟아붓는 인간들의 심리를 이해할 수가 없다. 의식이 없는 육체 따위엔 아무런 흥미도 없다. 내 시체가 설사 짐승들의 먹이로 던져진다 해도 아무 상관 없다.

"하지만 고통스러워하는 네 얼굴을 볼 수 없다면 안 설지도 모르지."

시바 씨는 내 머리채를 움켜쥐고 위로 끌어올렸다. 목줄기의 근육이 부자연스러운 각도에 놀라 뻣뻣해졌다. 얼굴을 일그러뜨리자 시바 씨는 턱을 잡고 위를 보게 했다.

"빨고 싶지?"

나는 무의식중에 고개를 위아래로 끄덕이고 있었다. 시바 씨에게는 가타부타할 수 없는 절대적인 위압감이 있다. 상반신을 일으켜 시바 씨의 벨트로 손을 가져갔다. 시바 씨는 내목을 손으로 감싸쥐었다. 목을 조르는 힘이 너무 강해서 이러다 정말 죽는 게 아닌가 생각했다. 시바 씨는 내 등의 문신을 배려해서인지 이번에는 줄곧 뒤에서 했다. 그리고 끝난 뒤에도 계속해서 내 등을 바라보고 있었다.

브래지어를 하면 아플 것 같아서 노브라인 채로 원피스를 입었다. 시바 씨는 웃옷을 걸치지 않은 채 계속 나를 바라보고 있었다. 정액을 닦아낸 티슈를 버리려고 휴지통을 찾고 있는데, 가게 쪽에서 무슨 소리가 들린 듯했다. 시바 씨도 들었는지 의아하다는 듯한 얼굴을 하고 가게 쪽을 쳐다보았다.

"손님? 문 안 잠갔어요?"

"잊어버렸어. 그치만 팻말 걸어뒀는데."

시바 씨가 그렇게 말한 순간 문이 열렸다.

"루이? 나 왔어."

"여, 지금 방금 끝났어. 너, 일은?"

서늘한 얼굴로 말하는 시바 씨. 아마가 십 분만 빨리 왔어도 무슨 일이 벌어졌을지 모른다.

"변비라고 하고 조퇴했어요."

"네가 하는 아르바이트는 변비로도 조퇴가 된단 말이야?"

"점장이 화를 좀 내긴 했는데, 어떻게 됐어."

나무라듯 말할 작정이었는데, 아마는 싱긋 웃으며 그렇게 대답했다. 나는 아무렇지도 않게 티슈를 시트 안으로 숨겼다. 아마는 내 문신을 보더니 죽인다는 둥 끝내준다는 둥 호들갑을 떨며 시바 씨에게 고마움을 전했다.

"근데 시바 씨, 설마 루이한테 딴 짓 하진 않았겠죠?"

"걱정 마. 난 말라비틀어진 여자한텐 매력을 못 느끼니까."

시바 씨의 말에 겨우 안심한 듯한 표정을 보이는 아마.

"어?" 하고 아마가 이상하다는 듯 소리를 내는 바람에 내내 뭔가 석연치 않았던 나는 놀라서 아마를 쳐다보았다.

"용이랑 기린에 눈동자가 없잖아?"

나는 가슴을 쓸어내리며 안도의 한숨을 내쉬었다.

"내가 부탁했어."

시바 씨에게 한 것처럼 설명하자 아마는 고개를 크게 끄덕이며 "그렇구나" 하고 말했다.

"그치만 내 용은 눈동자가 있어도 날아가지 않는데?"

멍청한 얼굴로 그렇게 말하는 아마의 머리를 쥐어박으며

나는 원피스 끈을 어깨에 걸었다.

"한동안은 욕조에 들어가면 안 돼. 샤워할 때도 물에 바로 넣으면 안 되고, 수건으로 닦을 때도 문지르지는 말고. 소독하고 나서는 크림 같은 걸 발라둬. 소독은 일 주일에 한 번 정도. 아, 햇빛을 쏘이는 것도 별로 안 좋아. 일 주일 정도 지나면 딱지가 생기는데, 억지로 떼내거나 하지 마. 딱지하고 부기가 완전히 사라지면 다음 시술로 들어갈 거야. 일단 딱지가 완전히 없어지면 연락해."

시바 씨는 그렇게 말하며 내 어깨를 가볍게 두드렸다.

"네."

웬일인지 아마도 나와 입을 맞춰 대답했다.

"같이 밥이나 먹으러 가죠" 하는 아마의 권유를 시바 씨가 "이런 어중간한 시간엔 안 먹어" 하며 깨끗하게 거절해서 우리는 둘이서 Desire를 나왔다. 집으로 돌아가는 길에 최대한 고개를 돌려 등을 넘겨다보자 용과 기린이 원피스에서 약간 비어져나와 있었다. 아마는 그런 나를 복잡한 얼굴로 바라보고 있었다. '왜?' 하고 눈으로 묻자 아마는 내게서 눈을 돌리며 입을 삐죽거렸다. 대답 없는 아마에게 짜증이 치밀어 반발 앞서 빠르게 걷자, 아마는 볼멘 얼굴은 그대로인 채 내 손을 잡고 나란히 걸었다.

"루이, 왜 원피스 같은 걸 입고 왔어? 문신할 때 달랑 팬티 한 장만 걸치고 있었지?"

너무나 어처구니가 없는 그 말에 나도 모르게 인상을 쓰자 아마는 부루퉁한 표정을 지으며 고개를 숙였다.

"티셔츠 같은 것보다 하늘하늘한 원피스가 문신한 다음에 편할 것 같아서 입었다, 왜?"

그렇게 말하자 아마는 고개를 숙인 채 침묵을 지키며 잡은 손에 불끈 힘을 주었다. 횡단보도에서 신호를 기다리고 있는데 아마가 겨우 고개를 들어 나를 보았다.

"이런 내가 한심하지?"

정말 한심한 얼굴로 그렇게 묻는 아마를 보고 있으니 동정에 가까운 기분이 들었다. 누군가에게 너무 열중해 있는 사람을 보면 늘 견딜 수 없이 답답해지곤 한다.

"조금."

아마는 한심한 얼굴 그대로 다소 당혹스런 웃음을 지었다. 내가 약간 미소를 지어 보이자, 아마는 갑자기 나를 덜컥 껴안았다. 그것도 길 한가운데에서. 지나가는 사람들이 우리에게 눈길을 던졌다.

"한심한 남자는 싫어?"

"조금."

아마가 팔에 더욱 힘을 주는 바람에 조금 고통스러워졌다.

"미안해…… 벌써 알고 있겠지만, 나 루이를 너무 사랑해."

겨우 나에게서 떨어진 아마의 눈은 다소 충혈되어 있어서 어딘가 약 먹은 사람 같았다. 머리를 어루만져주자 아마는 머쓱하게 웃어 보였고, 우리는 다시 가던 길을 재촉했다. 그날 나는 쓰러질 정도로 술을 마셔댔다. 아마는 의외로 그런 나를 즐거운 듯 돌봐주었다. 벌써 그 사건으로부터 한 달 가까이 지나 있었다. 아마는 여전히 내 옆에 있다. 괜찮아, 괜찮다니까…… 나는 스스로에게 그렇게 말했다. 혀 피어싱을 했다. 문신이 완성되고 스플릿 텅이 완성되면 난 그때 무슨 생각을 할까? 평범하게 살아간다면 분명 평생 변하지 않을 것들을 억지로 바꾸려고 하는 것. 그것은 신을 등지는 것으로도, 자아를 믿는 것으로도 볼 수 있다. 나는 지금까지 아무것도 소유하지 않고, 아무것도 신경 쓰지 않고, 아무것도 탓하지 않고 살아왔다. 분명 내 미래에도, 문신에도, 스플릿 텅에도 의미 따윈 없다.

문신은 네 번의 시술을 거쳐 완성됐다. 디자인 구상에서부터 넉 달이 흘렀다. 시바 씨는 작업을 할 때마다 나를 안았다. 마지막 시술을 끝낸 뒤, 시바 씨는 드물게 내 배 위의 정액을 닦아주었다.

"나, 문신 새기는 거 그만둘까?"

시바 씨는 멀거니 허공을 바라보며 천천히 그렇게 말했다. 나는 딱히 그만두라고 할 이유도 없어서 침묵을 지킨 채 그저 담배에 불을 붙였다.

"아마처럼 한 여자랑 사귀어볼까 하고."

"그게 문신하는 거랑 관계 있어요?"

"인생의 새출발이라고나 할까? 최고의 작품이랄 수 있는 기린도 새겼지, 이젠 더이상 미련 가질 것도 없다는 생각이 들어서."

시바 씨는 자기 머리를 매만지며 한숨을 쉬었다.

"무리겠지? ……난 기본적으로 늘 전직 생각을 하고 있으니까 신경 쓸 거 없어."

웃통을 벗은 시바 씨의 팔뚝에 새겨져 있는 기린이, 마치 거기에 군림이라도 하고 있는 듯 날카로운 눈으로 나를 노려보고 있었다.

용과 기린은 마지막 딱지가 깨끗이 떨어져나가자 완벽하게 나의 것이 되었다. '소유'라는 것은 좋은 말이다. 욕심이 많은 나는 금방 뭔가를 소유하고 싶어한다. 그러나 소유라는 건 슬픈 것이기도 하다. 일단 손 안에 들어오면, 자기 것이라는 사실이 너무도 당연하게 여겨진다. 손에 넣기 전의 흥분이나 욕구는 이미 거기에 존재하지 않는다. 갖고 싶어 어쩔 줄 몰라하던 옷이나 가방도, 돈을 주고 사서 내 것이 되고 나면 금방 컬렉션 중의 하나로 전락해버려 두세 번밖에 쓰지 못하고 끝나는 일도 드물지 않다.

결혼이라는 것도 한 사람의 인간을 소유한다는 것일까? 사실 꼭 결혼이 아니더라도 오랜 기간 사귀다보면 남자들은 횡포해진다. 잡은 물고기에게 더이상 먹이는 필요 없다는 건지. 하지만 먹이가 없어진 물고기에게는 죽거나 도망치거나 두 가지 길밖에 없다. 소유라는 건 의외로 위험한 것이다. 그래도 역시 인간은 인간이든 물건이든 모두 소유하고 싶어한다. 모든 인간은 M과 S의 요소를 함께 가지고 있다. 내 등 뒤에서 춤추는 용과 기린은 이제 나를 떠나지 않는다. 서로 배신할 수도, 배신당할 수도 없는 관계. 거울에 비친 그들의 눈동자 없는 얼굴을 보고 있으니 안심이 되었다. 이 녀석들은 눈동자가 없으니 날아가지도 못한다.

　시술 전에 10Ga였던 혀의 피어스는 6Ga가 되었다. 확장할 때마다, 이 이상 확장하는 건 무리라는 생각이 들 정도로 아프다. 확장한 날은 뭘 먹어도 맛이 없다. 확장한 날은 짜증이 치밀어서 아마에게 전부 화풀이한다. 확장한 날은 내가 얼마나 자기중심적이고 제멋대로인 인간인지 재확인한다. 확장한 날은 모조리 죽어버렸으면 좋겠다고도 생각한다. 사고나 가치관이 거의 원숭이 수준이 된다.

　창 밖 풍경이 황량하다. 밖에 나가면 공기에서 건조한 냄새가 난다. 12월에 들어선 지도 일 주일이 지났다. 일하는 날이 거의 없는 나 같은 백수에게는 요일 감각이 없다. 문신을 완성하고 한 달이 지났다. 그때부터 나에게는 삶의 의욕이라는 것이 전혀 없다. 날씨가 추워져서일까? 하루하루 시간이 빨리 지나가기만 바라고 있다. 내일이 빨리 온다고 해서 해결될 일은 아무것도 없는데. 아침에 일어나서 아마를 보내고 다시 잠을 잔다. 가끔 아르바이트를 나가거나 시바 씨와 섹스를 하거나 친구들과 놀러 다니거나 하지만, 스스로의 행동 하나하나에 한숨이 떠나질 않는다. 저녁에 아마가 돌아오면

같이 밥을 먹으러 나가서 술을 마시거나 안주를 집어먹거나 하다가, 집에 돌아와선 다시 술을 마신다. 단순히 알코올 중독인 걸까? 아마는 생기를 잃은 니에게 질리지도 않는지, 끊임없이 걱정을 해주며 억지로 분위기를 띄우거나 따발총처럼 수다를 떨어대거나 했다. 그래도 내가 어두운 표정을 지우지 않으면 갑자기 울음을 터뜨리거나 울분과 안타까움을 절절히 토로하거나, "도대체 왜 그러는데?" 하고 분통을 터뜨리기도 했다. 그런 아마를 보고 있으면 성의를 생각해서라도 기운을 내야 하는 것이 아닌가 하는 생각이 들기도 했지만, 그것은 언제나 더 큰 자기 혐오에 짓눌려버리고 말았다.

뭐랄까…… 아무튼 어디에고 빛이 없다는 것. 내 머릿속도, 생활도, 미래도, 완전한 암흑이라는 것. 그런 건 진작부터 알고 있었지만, 지금은 자신이 아무도 모르게 쓸쓸히 죽어가는 장면을 예전보다 더 선명하게 상상할 수 있다는 것. 그리고 문제는 그것을 웃어넘길 수 있는 여력이 지금의 나에게는 없다는 것.

적어도 아마를 만나기 전까지는 살기 위해서라면 몸을 파는 일도 할 수 있다고 생각했다. 그러던 것이, 지금의 나는 먹고 자는 것 외엔 할 수 있는 게 아무것도 없다. 지금은 쉰내 나는 영감탱이들과 할 바에야 차라리 죽는 게 낫다고 생각한다. 도대체 어느 쪽이 더 건전한 생각일까? 몸을 팔아서라도 살아주마, 하고 생각하는 것과 몸을 팔 정도라면 죽는 게 낫다고 생각하는 것. 사고방식 자체만으로는 후자가 더 건전할지 모르지만, 정말로 죽어버리면 건전이고 뭐고 없지 않은가. 역시 전자가 더 건전한 걸까? 그러고 보면 섹스로 충만한 여자의 피부는 윤이 난다고 하지 않던가. 뭐, 불건전하다 해도 상관없지만.

혀 피어스를 4Ga로 확장했다. 피가 배어나오던 그날은 밥도 먹지 않고 맥주로만 배를 채웠다. 아마는 확장하는 템포가 너무 빠르다고 잔소리를 해댔지만, 나는 서두르지 않으면 안 된다는 생각이 들었다. 말기 암 환자라는 선고를 받은 것도 아닌데, 시간이 없는 것처럼 느껴졌다. 분명 가끔은 삶을 서두르는 것도 필요할지 모른다.

"루이는…… 죽고 싶다고 생각해본 적 있어?"

평소처럼 저녁을 먹고 집에 돌아와 맥주로 건배를 하는데 아마가 덜컥 그런 질문을 했다.

"자주 해."

그렇게 대답하자 아마는 맥주가 들어 있는 잔을 멀거니 들여다보며 한숨을 쉬었다.

"아무리 루이라고 해도, 네 몸을 네 멋대로 다루는 건 용서 못 해. 행여 자살하고 싶은 생각이 들면, 그땐 내가 죽이게 해줘. 나 말고 다른 인간이 네 삶을 좌우하는 건 참을 수가 없어."

나는 시바 씨의 말을 떠올렸다. 삶의 막다른 길에 다다랐을 때, 나는 과연 누구에게 죽음을 의뢰하게 될까? 어느 쪽이 보다 멋지게 죽여줄 수 있을까?

'내일 Desire에 가자.'

그렇게 생각했다. 그러자 아주 조금 삶의 의욕이 되살아나는 듯했다.

오후부터 시작하는 아르바이트를 하러 나가는 아마를 배웅한 뒤, 나는 시바 씨를 만나러 가기 위해 화장을 하고 있었다. 화장이 끝나면 시바 씨에게 전화를 하자, 그렇게 생각한 순간이었다. 휴대폰이 요란하게 울렸다. 시바 씨였다.

"네?"

"나야. 지금 전화 괜찮아?"

"네, 그렇지 않아도 오늘 시바 씨한테 가려던 참인데. 무슨 일이에요?"

88

"응, 저기, 아마에 관한 일인데……"

"……무슨 일인데요?"

"그 자식, 7월쯤에 무슨 문제 일으킨 거 없어?"

시바 씨의 질문에 가슴이 옥죄이는 듯한 기분이 들었다. 남자에게 연달아 주먹을 날리던 아마의 모습이 머릿속에 떠올랐다.

"잘 모르겠는데요. ……왜요?"

"방금 경찰들이 와서 문신을 새기고 간 손님들 리스트를 보여달라고 했거든. 용 문신을 새긴 손님을 알려달라고. 아마를 찾는 건지 어떤 건지는 잘 모르겠지만…… 암튼 난 처음 온 손님들만 고객 리스트에 올려놓는데, 아마는 쓰지도 않았으니까 혹시 그 녀석을 찾는 거라고 해도 들키진 않았을 테지만……"

"……아마를 찾을 리가 없어요. 아마는 언제나 나랑 같이 있었는걸요?"

"그렇지? 미안. 찾는 사람이 빨간 머리라고 하길래. 왜, 그녀석 전에 빨간 머리였잖아."

"그랬죠……"

나는 그렇게 중얼거리고 심호흡을 했다. 심장 고동이 전신을 울렸다. 전화기를 들고 있는 손도 가늘게 떨리고 있었다.

어떻게 하지? 시바 씨한테 말해버릴까? 말해버리고 나면 분명 편해질 것이다. 시바 씨의 의견도 들을 수 있다. 하지만 말해도 될까? 시바 씨는 내 말을 들으면 아마에게 말하겠지? 신문 기사 내용을 아마가 알게 되면 어떤 반응을 보일까? 자수라도 할까? 그렇지 않으면 어디론가 도피하거나 할까? 이렇게 아마의 곁에 있는데, 그렇게 파악하기 쉬운 아마의 일인데, 나는 아마의 행동을 하나도 예측할 수가 없었다. 그도 그럴 것이, 살인 혐의를 쓰고 있는 상황이라니, 지금까지 한 번도 경험한 적 없는 일이다. 자기가 사람을 죽였을지도 모른다는 사실을 알게 되었을 때, 사람들은 과연 무슨 생각을 할까? 자신의 미래, 소중한 사람, 지금까지의 생활······ 분명 여러 가지 생각들이 머리를 맴돌겠지. 하지만 난 그런 건 잘 모른다. 미래 같은 건 보이지도 않고, 그런 게 있는지 없는지조차 모르겠고, 소중한 사람 따위도 없고, 생활이라고는 오로지 술뿐인 나에게 그런 게 이해될 리 없다. 단 한 가지 내가 알고 있는 게 있다면, 아마와 같이 지내오면서 언제부턴가 서서히 아마를 소중히 여기게 되었다는 것.

"루이, 신경 쓰지 마. 그냥 좀 마음에 걸려서 전화해본 것뿐이니까. 그건 그렇고, 오늘 온다고?"

내가 잠시 침묵을 지키고 있자 시바 씨가 걱정스러운 목소리로 그렇게 말했다.

"아, 고마워요. 근데 오늘은 그만둘래요. 다음에 가는 걸로 할게요."

"……오지 않을래? 너한테 하고 싶은 얘기가 있어."

"그럼, 봐서…… 마음이 바뀌면 갈게요."

나는 전화를 끊은 뒤 방 안을 서성거리며 아무거나 생각했다. 짜증이 나서 술을 마셨다. 아마와 같이 먹기로 약속한 청주를 따서 병째 마셨다. 생각했던 것보다 맛이 있었다. 청주는 내 몸 안으로 꿀꺽꿀꺽 잘도 넘어갔다. 텅 빈 위에 수분이 고이는 것이 느껴졌다. 네 홉들이 술병을 다 비우고 나서, 다시 화장을 시작했다. 화장을 마치고 백을 들고 방을 나섰다.

"안녕하세요?"

"……뭐야, 난 또 누군가 했네."

그렇게 말하며 문 쪽으로 돌아선 시바 씨는 나를 보더니 미간에 주름을 잡으며 수상쩍다는 듯한 표정을 지었다.

"무슨 걱정 있어?"

쓴웃음을 지으며 그렇게 말하는 시바 씨에게 나도 쓴웃음을 지어 보였다. 카운터 앞까지 걸어가자 계산대 근처에 피워놓은 향냄새에 구역질이 났다.

"농담이 아니라, 너 정말 이상해."

"뭐가요?"

"전에 만난 게 언제였지?"

"이 주 전쯤 아니에요?"

"너, 그때부터 몇 킬로나 빠진 거야?"

"몰라요. 아마네 집엔 체중계가 없으니까."

"지금 너 말야, 기분 나쁠 정도로 말라비틀어졌어. 얼굴색도 안 좋고. 게다가 이 술냄새는 뭐야?"

쇼케이스에 내 모습을 비춰보았다. 정말 그랬다. 유리에 비친 내 모습은 마치 유령 같았다. 기분 나빠…… 스스로도 그런 생각이 들었다. 삶의 의욕을 상실하면 이런 증세까지 나타나는 건가? 그러고 보니 요즘은 술만 마시고 산다. 먹는 것이라곤 안주 정도뿐. 마지막으로 제대로 된 식사를 한 게 언제였는지. 나는 이유도 없이 어깨를 들썩이며 웃었다.

"아마가 굶기기라도 하는 거야?"

"아마는 먹으라고, 먹으라고, 잔소리가 심해요. 하지만 난 술만 마실 수 있으면 되니까."

"그러다 자살하기도 전에 굶어죽는다."

"자살 안 해요."

나는 그렇게 말하며 시바 씨 곁을 지나 안쪽 방으로 들어 갔다.

"뭐 좀 사올 테니까 기다려. 특별히 먹고 싶은 거 있어?"

"그럼, 맥주 좀 사다줘요."

"맥주는 냉장고 안에 들어 있어. 다른 건 없어?"

"시바 씨, 사람 죽여본 적 있어요?"

시바 씨는 순간 내 쪽을 보았다. 시바 씨의 날카로운 눈초 리에 몸 전체가 아파오는 느낌이었다.

"……있지."

시바 씨는 그렇게 중얼거리며 내 머리를 어루만졌다. 나 는 뭐가 슬픈지 눈물을 흘리고 있었다.

"어떤 기분이었어요?"

그렇게 말하는 내 목소리는 흘러넘치는 눈물 탓에 떨리고 있었다.

"기분 좋았어."

목욕 어땠냐는 질문을 받기라도 한 것처럼 대답하는 시바 씨. 질문 상대를 잘못 골랐지…… 나는 흘려버린 눈물을 후

회하면서 "그래요?" 하고 중얼거렸다.

"옷 벗어."

"뭐 사러 간다지 않았어요?"

"네 우는 얼굴 보고, 섰어."

나는 옷을 벗고 속옷만 걸친 채 시바 씨에게 손을 뻗었다. 시바 씨는 드물게도 하얀 와이셔츠에 검은 바지를 입고 있었다. 그는 벨트를 풀고 나를 안아올려 침대에 뉘었다. 내려다보는 시바 씨의 차가운 눈에 반응하는 나의 하반신. 파블로프의 개도 아니고…… 시바 씨는 내 살 여기저기에 손가락과 페니스를 쑤셔댔고, 그때마다 나는 고통스러워하거나 허덕이거나 했다. 섹스할 때마다 나를 만지는 시바 씨의 손가락에 점점 힘이 들어간다. 이것이 시바 씨의 애정의 증표일까? 이대로 가다간 언젠가 죽임을 당하고 말 것이다.

"너, 나랑 결혼할래?"

시바 씨는 섹스가 끝나고 침대에 엎드려 있는 내 옆에 걸터앉아 담배에 불을 붙이며 그렇게 말했다.

"하고 싶은 얘기라는 게, 그거예요?"

"뭐, 그렇다고 할 수 있지. 아마는 네가 감당할 수 있는 상대가 아냐. 너도 아마가 감당할 만한 상대가 아니고. 암튼 밸런스가 안 맞아, 니들은."

"그러니까 시바 씨랑 결혼하라구요?"

"아니, 그런 건 아냐. 그거하곤 관계없이, 그냥 결혼해보고 싶은 생각이 들어서."

시바 씨는 무뚝뚝한 말투로 이상한 소리를 했다. 그냥 결혼해보고 싶다니…… 지극히 애매한 프러포즈다. 시바 씨는 내 대답도 기다리지 않고 침대에서 내려가 옷을 입었다. 그러고는 책상 서랍을 열고 무언가를 꺼냈다.

"일단 반지나 한번 만들어봤어."

시바 씨는 그렇게 말하며 나에게 은으로 된 둔탁한 모양의 반지를 건네주었다. 손가락 밑동에서부터 손톱 중간까지 걸쳐지는 반지였다. 어련할까 싶은 펑크한 스타일. 하지만 꽤 신경 써서 만든 듯, 관절 부위가 손가락의 움직임에 따라 자유롭게 구부러지게 되어 있었다. 나는 그것을 오른손 검지에 끼웠다.

"직접 만들었어요?"

"응, 취미로 이런 것도 하고 있어. 뭐, 네 취미랑은 안 맞을지도 모르지만."

"흐응, 대단한데요. 근데 좀 투박하긴 하네요."

그렇게 말하며 웃자 시바 씨는 쓴웃음을 지었다.

"고마워요."

나는 시바 씨에게 키스했다. 시바 씨는 성가시다는 표정
으로 편의점에 다녀온다고 말하며 방을 나갔다. 밸런스가 안
맞는다는 건 무슨 뜻일까? 밸런스가 잘 맞는 인간관계라는
게 과연 존재할까? 무기력 속에서 나는 결혼이라는 가능성
에 대해 생각해보았다. 현실감이 없다. 지금 자신이 생각하
고 있는 것도, 보고 있는 풍경도, 검지와 중지 사이에 끼워져
있는 담배도 전혀 현실감이 느껴지지 않는다. 진정한 나는
어딘가 다른 곳에 있고, 그 어딘가에서 지금 여기에 있는 내
모습을 지켜보고 있는 듯한 기분이 든다. 아무것도 믿을 수
없다. 아무것도 느낄 수 없다. 내가 살아 있다는 사실을 실감
할 수 있는 것은 오로지 고통을 느낄 때뿐이다.

시바 씨가 편의점 봉지를 들고 돌아왔다.

"자, 먹어. 약간은 먹을 수 있지?"

시바 씨는 가쓰동*과 규동을 내 앞으로 내밀었다.

"뭐 먹을래?"

---

* 우묵한 그릇에 밥을 담고 그 위에 돈가스와 파, 계란을 요리해 얹은 음식.

"필요 없어요. 맥주 마셔도 되죠?"

시바 씨가 대답하기도 전에 몸을 일으켰다. 냉장고에서 맥주를 꺼내 책상 옆의 철제 의자에 앉아 단숨에 들이켰다. 시바 씨는 질렸다고만 할 뿐 말리지는 않았다.

"네가 그런 상태라도 난 괜찮으니까, 마음이 내키면 결혼해줘."

"네."

나는 명랑하게 그렇게 말하고 남은 맥주를 비웠다.

어두워지기 전에 가게를 나섰다. 밖에는 차가운 바람이 불고 있었다. 나는 대체 언제까지 살아 있을 수 있을까? 그렇게 길지는 않을 거라는 생각이 들었다. 집에 돌아와 혀의 피어스를 2Ga로 바꿨다. 꾸욱 눌러 끼우자 피가 나왔다. 너무 아파서 눈물이 나왔다. 나는 대체 무엇을 위해 이런 짓을 하고 있는 것일까? 아마가 돌아오면 바로 전쟁이 나겠지? 나는 아픔에 짜증을 내면서 맥주를 단숨에 비웠다.

그날, 아마는 돌아오지 않았다. 무슨 일인가 일어난 것이 확실했다. 같이 살기 시작한 뒤로 아마가 돌아오지 않은 날은 단 하루도 없었다. 내가 기다리는 방으로, 아마는 반드시 돌아왔다. 그런 면에서는 지나치다고 할 정도로 성실한 인간이었다. 아르바이트가 길어져 늦어질 때도 꼭 전화를 해주었다. 이런 적은 단 한 번도 없었다. 휴대폰으로 전화를 해보았지만 벨소리조차 울리지 않고 바로 음성 녹음으로 넘어갔다. 결국 잠들지 못한 채 아침을 맞았고, 눈 밑에 검은 그늘이 생겼다. 어떻게 하지? 어떻게 하면 좋을까? 아마는 나를 혼자 두고 도대체 어디에서 무엇을 하고 있는 것일까? 아마는 지금 무슨 생각을 하고 있을까? 무언가 조용히 막을 내리는 듯한, 그런 예감이 들었다.

"아마……"

아마가 없는 방 안에 명한 내 목소리만 울려퍼졌다. 피어스 2Ga로 바꿨어. 빨리 기뻐하는 모습을 보여줘. 스플릿 텅에 또 한 발 가까워졌네? 하며 웃어줘. 혼자 멋대로 청주 마셔버린 거, 화내며 혼내줘.

나는 생각하기를 관두고 자리를 털고 일어섰다. 그리고 한 가지 결심을 하고 방을 나섰다.

"실종신고라는 거, 가족이 아니어도 할 수 있어요?"

"네."

경찰의 의욕 없는 태도에 나는 짜증이 치밀었다.

"아, 사진 가져오셔야 돼요."

나는 그 말에 대답하지 않고 파출소를 나왔다. 척척 발을 내딛고 있었지만, 어디를 향하고 있는지 몰랐다. 문득 걸음을 멈췄다. 아⋯⋯! 내 속에 또 하나의 불안이 샘솟았다.

"나, 아마의 이름도 모르잖아."

작게 중얼거리자 일의 심각성이 새삼 느껴졌다. 이름을 모른다는 건 실종신고도 할 수 없다는 얘기다. 나는 고개를 들고 다시 걷기 시작했다.

시바 씨는 필사적인 모습의 나를 보더니 놀란 얼굴로 대체 무슨 일이냐고 묻는 듯 바라보았다.

"아마, 이름이 뭐예요?"

"뭐? 무슨 말이야? 갑자기."

"아마가 집에 안 와요. 실종신고 하려구요."

"근데, 이름이라니? 본명 몰라?"

"몰라요."

"같이 살고 있잖아?"

"네, 같이 살죠."

말하는 내 눈에 눈물이 고였다.

"울지 말고. 명패나 우편물 같은 거 보면 알 수 있잖아."

시바 씨는 내 눈물이 꽤 당황스러웠는지, 눈앞에 큰 사고

가 일어나기라도 한 것 같은 얼굴로 나를 보며 말했다.

"아마는 명패 같은 것도 안 달았고, 우체통은 늘 광고지로 꽉 차 있어서 열어본 적도 없어요."

"잠깐만, 어제도 평소처럼 일하러 갔을 거 아냐. 그럼 어젯밤에 집에 안 들어왔다는 얘기야?"

"네, 어제 아르바이트하러 간 이후로 안 돌아왔어요."

"겨우 하루 집에 안 들어왔다고 뭘 그리 펄펄 뛰고 그래? 괜찮을 거야. 아마가 한두 살 먹은 어린애도 아니고. 하루쯤 집을 비웠다고 그렇게 호들갑 떨 거 없잖아?"

"아마는 나랑 살면서 한 번도 무단 외박 같은 거 한 적 없단 말예요. 알바가 삼십 분만 늦어져도 전화해주던 남자라구요."

시바 씨는 아무 말 않고 카운터로 시선을 떨구었다. "그렇다고⋯⋯" 시바 씨는 중얼거리며 나를 올려다보았다. 왜 이렇게 불안한지 나도 알 수 없었다. 그렇다. 시바 씨 말이 옳다. 하루쯤 집을 비웠다고 걱정할 것은 없다. 하지만 한시라도 빨리 아마를 찾아야 한다는 생각이 들었다. 비장의 카드를 쓰려면 지금밖에 없다.

"아마가 사람을 죽였는지도 몰라요."

"……경찰이 말한 그 폭력배?"

"내 잘못이에요. 내가 그때 그 남자를 그냥 무시하고 지나갔더라면, 아마가 그 남잘 때리는 일은 없었을 거예요. 설마 죽으리라고곤 꿈에도 생각 못 했어요. 신문에서 봤을 때도 아마가 때린 그 남자라고는 생각 못 했어요. 분명 다른 사람일 거라고 생각했어요. 아마랑 관계된 일이라고는 정말……"

시바 씨는 내 손을 꼭 잡았다.

"실종신고를 하면 아마가 잡히게 될지도 몰라. 혹시 아마가 사건을 알고 도망치는 중이라면, 우리가 이대로 모르는 척하고 있는 게 도와주는 것일 수도 있어."

"……아마가 걱정돼요. 어디서 뭘 하고 있는지, 무슨 생각을 하고 있는지 알 수 없다는 게 너무 괴로워요. 아마는…… 아마는 절대로 혼자서 도망칠 사람이 아니에요. 도망친다면 반드시 나한테 한마디라도 하고 갔을 거예요. 분명히 나도 데리고 갔을 거예요."

"……알았어. 가자."

시바 씨는 가게를 닫았고, 우리는 경찰서로 향했다. 시바 씨는 능숙하게 실종신고서를 작성하더니 아마가 웃통을 벗고 있는 사진과 함께 서류를 건넸다.

"아마 사진 갖고 있었어요?"

"응? 아, 문신 해줬을 때 용 사진 찍어두고 나서, 둘이 장난 삼아 찍었던 게 있었어."

"아마다 가즈노리 씨네요."

경찰이 서류를 눈으로 훑으며 말했다. 나는 처음으로 아마의 본명을 들었다. 아마데우스의 아마라며? 아마를 다시만나게 되면 제일 먼저 이걸로 트집을 잡자. 그런 생각을 하고 있는데 갑자기 눈물이 났다. 나는 눈물을 멈출 수가 없어서 당혹스러웠다. 머리는 냉정한데 눈물샘이 고장이라도 일으켰는지 눈물이 줄줄 넘쳐흘렀다.

"……괜찮아?"

시바 씨가 내 머리를 쓰다듬어주었지만 눈물을 멈출 수 없었다. 고개를 떨군 채 현관까지 걸어가서 대기용 의자에 앉아 울었다. 왜…… 왜 갑자기 사라져버린 거야? 나는 무릎에 얼굴을 묻고 흐느껴 울었다. 잠시 후 수속을 끝낸 시바 씨가 돌아왔다. 내 시야는 여전히 뿌연 상태. 닦아내도 닦아내도 눈물이 계속 흘러나왔다. 코트 소매로 눈물을 슥슥 닦아내는데 어린 시절로 돌아간 듯한 기분이 들었다. 우리는 택시를 타고 아마의 집으로 돌아왔다.

"아마!"

현관에서 아마를 불러봐도 대답이 없다. 시바 씨가 뒤에서 내 머리를 쓰다듬고 다시 흘러나오기 시작한 눈물을 닦아 주었다. 안으로 들어가 그대로 바닥에 털썩 주저앉아 울었다. 계속해서 훌쩍훌쩍 울어대는 내 모습을 시바 씨는 침대에 걸터앉아 관찰하듯 바라보고 있었다.

"어떻게, 어떻게 그럴 수가 있어!"

그렇게 소리치며 바닥을 내리치자 검지에 끼고 있던 시바 씨의 반지가 마룻바닥에 부딪쳐 둔탁한 소리를 냈다. 그 소리에 반응이라도 하듯, 나는 더욱 격렬하게 흐느꼈다. 도대체 어떻게, 어떻게 나를 두고 갈 수 있어? 눈물이 멈추자 분노가 치밀어올랐다. 턱이 아파오도록 이를 악물었다. 갑자기 뚝, 하고 입 안에서 기분 나쁜 소리가 났다. 혀로 입 안을 더듬어보니 충치였던 어금니가 빠져 있었다. 나는 빠진 이빨을 씹어 으깨 그대로 삼켰다. 내 피와 살이 돼줘. 뭐든 전부, 내가 되면 돼. 뭐든 전부, 내 속에 녹아버리면 돼. 아마 너도, 내 속에 녹아버리면 좋았잖아. 내 속에 들어가 날 사랑하면 좋았잖아. 내 앞에서 사라져버릴 바에야 내가 되어버리면 좋았잖아. 그랬으면 나는 이렇게 외롭지 않았을 텐데. 내가 가장 소중하다고 해놓고서 어떻게 날 혼자 두고 갈 수 있어? 어떻게? 어떻게!

방 안에 귀에 거슬리는 울음소리가 떠돈다. 나는 아마와 같이 쓰고 있던 보석함을 열어 피어스를 꺼냈다. 어제 막 2Ga로 바꾼 참이기 때문에, 도저히 그냥 들어갈 리가 없어서 짧고 각진 피어스를 골랐다. 대략 0Ga. 나를 보고 있던 시바 씨의 얼굴색이 변했다.

"너, 그거 0이지? 어제 겨우 4였잖아?"

시바 씨의 말에도 돌아보지 않고 거울을 향한 채 2Ga의 피어스를 뺐다. 0Ga의 피어스를 반쯤 끼우자, 정신이 아득해지는 듯한 통증이 온몸을 꿰뚫었다. 단숨에 끝까지 밀어넣었다. 시바 씨가 손을 뻗어왔지만, 피어스는 이미 내 혀에 쑥 박혀 있었다.

"대체 너, 뭐 하는 거야?"

시바 씨는 내 입을 벌리더니 미간을 좁히고 안을 들여다보았다.

"혀 내밀어봐."

말하는 대로 하자, 혀를 따라 핏방울이 바닥으로 떨어졌다. 눈물도, 떨어졌다.

"피어스 빼!"

내가 좌우로 고개를 흔들자, 시바 씨는 아주 낙심한 듯한 얼굴을 했다.

"무리해서 확장하지 말라고 얘기했잖아?"

시바 씨가 나를 끌어안았다. 시바 씨에게 안긴 것은 처음이었다. 나는 어찌할 바를 모른 채 그저 흘러나오는 피를 목구멍으로 꿀꺽 삼켰다.

"나, 00이 되면 자를래요."

혀가 잘 돌아가지 않아 불분명하게 들리는 내 말은 아마의 웃는 얼굴처럼 바보스러웠다.

"그래, 그래, 알았어."

문득 정신을 차리고 보니 눈물이 멈춰 있었다. 아마는 나의 0Ga를 보면 뭐라고 할까? "이야, 멋진데!" 그렇게 말하며 활짝 웃어줄 것이다. "이제 얼마 안 남았네?" 틀림없이 그렇게 말하며 기뻐해줄 것이다.

나는 맥주를 마시며, 그저 울면서 아마를 기다렸다. 시바 씨는 줄곧 나를 보고 있었지만 아무 말도 하지 않았다. 다시 밤이 왔다. 방 안이 썰렁해져서 나는 몸을 떨었다. 시바 씨는 침묵을 지킨 채 난방을 틀고, 주저앉아 있는 나에게 모포를

덮어주었다. 혀의 피도 멈췄다. 눈물은 단속적으로 흘러나왔다. 슬픔의 나락으로 떨어졌다가, 걷잡을 수 없이 화가 치밀었다가, 감정의 갈피를 잡을 수 없었다. 일곱시가 되었다. 평소대로라면 아마가 돌아올 시간. 나는 십 초마다 시계를 올려다보고, 몇 번씩이나 휴대폰을 확인했다. 아마의 휴대폰으로도 몇 번인가 전화를 해보았지만, 역시 곧장 부재중이라는 메시지로 넘어갔다.

"저기, 아마가 아르바이트하는 가게 알아요?"

"……뭐? 넌 몰라?"

시바 씨가 어처구니없다는 듯한 얼굴로 나를 보았다. 그래, 우린 서로에 대해 아무것도 모른다.

"몰라요."

"구제옷가게야. 니들 정말 서로 아무것도 모르는구나? 그럼, 아직 가게에 전화 안 해본 거야?"

"네."

시바 씨는 휴대폰을 꺼내 번호를 검색하더니 귀에 가져다댔다.

"아, 나야. 아마 일로 전화했는데. ……무단 결근? 어제는? ……응, 집에도 안 들어왔어. ……아직 잘 몰라. ……알았어. 뭔가 알게 되면 연락할게."

역시 아무런 소득이 없었다. 시바 씨는 전화를 끊고 한숨
을 쉬었다.

"어젠 다른 날이랑 똑같이 일 마치고 돌아갔대. 오늘은 무
단 결근이고. 전화해도 연결이 안 된다고 열받았어. 아마가
일하는 가게, 내가 아는 사람이 하는 데야. 어거지로 부탁을
해서 그 녀석을 쓰게 된 거지."

나는 아마에 대해 아무것도 모른다. 어제까지는 내 눈에
보이는 아마에 관해서만 알면 된다고 생각했다. 하지만 지금
은 아마에 대해 아무것도 모른다는 사실이 나에게 엄청난 결
점으로 작용하고 있었다. 어째서 이름이나 가족사항조차 물
어봐두지 않았던 것일까?

"아마, 가족은 없어요?"

"몰라. 하지만 한쪽 부모님은 계시지 않을까? 언젠가 아버
지 얘길 한 적이 있었던 것 같은데."

"그래요?"라고 중얼거리는 내 눈에 눈물이 고였다.

"뭐 좀 먹으러 갈까? 나 배고프다."

시바 씨의 말에 나는 또다시 울음을 터뜨렸다. 언제나 그
랬다. 내가 맥주만으로 배를 채우고 있으면 아마는 언제나

배고파, 배고파, 하며 나를 억지로 밖으로 끌어내곤 했다.

"난 그냥 여기 있을래요. 시바 씨는 가서 먹고 와요."

시바 씨는 대답하지 않고 부엌으로 가서 냉장고를 뒤졌다. "뭐야, 술밖에 없잖아?" 시바 씨가 그렇게 내뱉으며 오징어젓갈을 꺼내드는 순간, 그의 전화가 울렸다.

"전화 왔어요!"

내 목소리는 스스로도 놀랄 만큼 크게 들렸다. 금방이라도 터져버릴 것처럼 고동치는 가슴을 억누르면서 전화를 집어 시바 씨에게 던졌다. 나이스 캐치.

"네! 네, 그런데요. 네. ……네? ……네. ……네, 알겠습니다. 지금 곧 가겠습니다."

시바 씨는 전화를 끊고 내 어깨를 꽉 움켜쥐더니 얼굴을 뚫어져라 응시했다.

"요코스카에서 시신이 발견됐대. 아마인지 아닌지는 모르지만, 용 문신을 한 남자래. 시신안치소로 와서 확인해달라는군."

"……그래요?"

그랬다. 아마는 죽어 있었다. 시신안치소에서 본 아마는 이미 인간이 아니라 한 구, 두 구로 헤아려지는 시체가 되어 있었다. 인간 아마는 이미 이 세상에 없다. 현장에서 찍은 사진을 보고 나는 실신할 것만 같았다. 아마의 가슴은 그물처럼 난자당해 있었다. 담배로 지진 자국도 셀 수 없이 많았다. 손발톱도 전부 빠져 있었다고 한다. 벌거숭이인 채, 페니스에는 향 같은 것이 꽂혀 있었다. 짧은 머리는 군데군데 잡아뜯겨 피가 번져 있었다. ······갖은 농락이란 농락을 다 당하고 나서 쓰러진 후에 살해된 것 같았다. 내 소유물처럼 생각하고 있던 사람이 다른 사람에게 이렇게 농락당한 뒤 살해되었다. 이런 절망은, 내 인생에 처음이었다. 그리고 아마의 시신은 해부실로 옮겨져 다시금 난도질당하게 되었다. 머릿속이 텅 비어 분노조차 할 수 없었다. 아마도 내가 아마에게 마지막으로 한 말은, '오늘은 시바 씨를 만나러 가자'고 머릿속으로 생각하면서 등을 보인 채 던진 "갔다 와!"라는 인사였을 것이다. 시바 씨는 휘청거리는 나를 부축해주기도 하고 시신안치소에 주저앉아 있는 것을 일으켜세우기도 하면서 줄곧 옆에 있어주었다. 그렇다. 역시 내 미래에 빛줄기 따윈 보이지 않는다.

"정신 좀 차려."

"······"

"밥 좀 먹어."

"……"

"조금은 자야 할 거 아냐."

"……"

아마가 발견된 후 시바 씨의 집에서 신세를 지게 된 나는 매일같이 시바 씨와 이런 식이었다. "정말 대화가 안 되네." 시바 씨는 언제나 그렇게 말하며 혀를 찼다. 부검 결과, 사인은 교살에 의한 질식사. 무슨 반응이 어찌어찌 해서, 몸에 난 상처는 전부 그가 살아 있는 동안 생긴 것이라는 사실이 밝혀졌다. 그런 건 관심 없으니까 빨리 범인이나 찾아내! 아마가 어떻게 죽었다는 것보다, 범인이 누구인지 밝혀내란 말이야! 단서는 얼마든지 있잖아? 나는 도무지 납득할 수 없었다. 처음 아마의 시신이 발견되었다는 소리를 들었을 때는 그때 그 폭력배의 일당들이 한 짓이라고 생각했지만, 시체를 보고 나서는 생각이 달라졌다. 폭력배들이 과연 담배로 지진다든지 페니스에 향을 꽂는다든지, 그런 빌미가 될 수 있는 증거를 남길까? 어차피 죽인 거라면 차라리 시체를 도쿄 만에 가라앉혀주었더라면 좋았을 것이다. 그런 시신은 보고 싶지 않았다. 차라리 발견되지 않았더라면 언제까지고 아마는

110

살아 있다고 생각할 수 있었을 텐데. 그래, 아마는 폭력배를 죽였다. 하지만 지금에 와서 이렇게 시신으로 발견된 이상, 아무것도 아니다. 아마가 일으킨 사건은 지금에 와서는 아무 의미도 없다. 피해자도 가해자도, 모두 죽어버린 것이다.

아마의 장례식에 갔다. 아마의 아버지는 사람 좋은 얼굴을 하고 상복에 어울리지 않는 금발의 나를 싫은 기색 하나 없이 맞아주었다. 화장터에서 마지막으로 관 뚜껑의 얼굴 부분을 열어 보였을 때, 나는 그 안을 들여다보지 않았다. 이별의 인사 따위는 하고 싶지 않았다. 시신안치소에서 본 아마는 아직 살아 있고, 관 안에 있는 것은 다른 사람이라고 생각하고 싶었다. 현실에서 도피하는 수밖에 없었다. 이렇게 힘이 드는 것을 보면, 어쩌면 나는 아마를 사랑하고 있었는지도 모른다.

"대체 범인은 언제 잡을 거예요?"

"저희들도 최선을 다해 수사하고 있습니다."

"……왜요? 내 말이 마음에 안 들어요?"

장례식이 끝나고 난 뒤, 나는 경찰에게 따지고 들었다.

"루이, 그만둬."

시바 씨가 나를 말렸다.

"범인도 잡지 못하는 주제에 장례식 같은 델 왜 와?"

나는 분을 억누를 수가 없었다.

"왜? 내가 이렇게 말하는 게 같잖아? 당신들한테 그렇게 생각할 자격이나 있어? 아니면 뭐야? 이렇게 범인 잡으라고 말하는 내가 주제넘은 거야? 아마가 살인범이니까 나 몰라라 하고 있는 거잖아? 당신들도 다 죽어버려. 다 죽어버리면 그만이야. 그러면 모든 게 해결되는 거야!"

"그만 좀 해, 루이! 지금 네 말이 말이 된다고 생각해?"

나는 그 자리에 무너지듯 주저앉아 울부짖었다.

"꼴값 떨지 마! 다 죽어버려! 미친놈들!"

내 어휘력이 얼마나 보잘것없는지가 이런 데서 폭로되었다. 한심하다. 스스로도 잘 알고 있다. 정말, 얼마나 한심한가, 나라는 인간은……

아마가 죽고 닷새가 지났다. 범인은 아직 잡히지 않았다. 나는 Desire에 있었다. 시바 씨에게 이끌려 병원에 한 번 간 것 말고는 바깥 출입을 전혀 하지 않게 된 나를 보다못해 시바 씨가 같이 가게에 나가자고 제안을 해온 것이다. 그는 몇 번인가 충동적으로 나를 안으려고 했지만, 목을 졸라도 더이상 고통스러운 얼굴을 하지 않게 된 나를 안을 수 없었다. 목이 졸리면, 고통스럽다는 생각보다도 빨리 죽여줬으면 좋겠다는 생각이 들었다. 아마 그렇게 입 밖에 내어 말한다면 시바 씨는 나를 죽여줄 것이다. 하지만 나는 죽여달라고 말하지 않았다. 그 말을 입 밖으로 끄집어내기까지가 억겁처럼 느껴졌는지, 아니면 아직 이 세상에 미련이 남아 있는 건지, 그것도 아니면 아직도 아마가 살아 있다고 믿고 싶은 건지 스스로도 알 수 없었다. 나는 그저 살아 있다. 아마가 없는 이 따분한 하루하루를 살아가고 있다. 시바 씨에게 안기지도 못하는 이 따분한 하루하루를 살아가고 있다.

나는 안주조차 먹지 않게 되었다. 반년 전 쟀을 때 42킬로그램이던 체중이 34킬로그램이 되었다. 무언가를 먹고 배설하고 하는 성가신 일 따위, 가능하면 하고 싶지 않았다. 하지만 술밖에 마시지 않는 나 역시 배변을 한다. 이런 걸 숙변이라고 하는 모양이었다. 장 속에는 항상 변이 쌓여 있다고, 시바 씨에게 억지로 끌려간 병원의 의사가 말했다. 의사는 이대로 계속 야위어가다간 죽을 수도 있다고 온화한 말투로 경고했다. 입원하는 게 좋겠다고 의사가 권했지만, 그건 시바 씨가 거절했다. 시바 씨는 안지도 못하는 여자 따윌 옆에 두고 도대체 어쩔 작정인 걸까?

"루이, 거기 있는 선반 좀 정리해줘."

나는 시바 씨의 말에 따라 막 가격표를 붙인 피어스가 든 주머니를 들고 얌전히 선반이 있는 곳으로 향했다. 시바 씨는 아까부터 가게 여기저기를 청소하고 있었다. 심기일전 같은 걸까? 그러고 보니 벌써 올해도 얼마 남지 않았다. 추위는 점점 심해지고, 크리스마스 같은 이벤트도 눈앞에 닥쳐 있다. 연말 대청소라도 할 작정인 걸까?

"저기요, 시바 씨."

"너, 이제 나 부를 때 슬슬 '씨' 자 같은 건 떼고 부를 때도 되지 않았어?"

시바 씨는 나랑 사귀고 있다고 생각하는 것일까?

"내 정확한 이름은 시바타 기즈키라고 해."

시바 씨 아파트 명패에 이름이 씌어 있기 때문에 그건 이미 알고 있었다.

"기즈키라니, 여자 이름 같지? 그래서 그런지 어떤지는 모르지만, 다들 시바라고 불러."

"난 뭐라고 부르면 되는데요?"

"기즈키라고 불러주면 좋겠어."

이런 식의, 평범한 커플들이라면 충분히 있을 수 있는 대화가, 아마와 나에겐 없었다. 좀더 평범한 대화를 했었더라면 좋았을 텐데. 가족 얘기라든가, 옛날 얘기라든가, 이름이나 나이 같은…… 그렇다. 장례식 때 처음 알았다. 아마는 열여덟 살이었다. 나는 태어나서 처음으로 연하의 남자와 사귀었다는 사실을, 그가 죽고 나서야 알았다. 나는 열아홉 살, 아마보다 한 살 위였다. 그런 얘긴 만난 당일날 했어야 옳았다.

"기즈키!"

말하기 어색하다. 그렇게 생각했지만 그렇게 불러주기로 했다.

"왜?"

"여기 이 선반, 피어스가 꽉 차서 더 안 들어가요."

"아, 대강 해도 돼. 그 옆에 있는 선반에 넣든지, 억지로 쑤셔넣든지."

나는 피어스가 든 주머니를 선반에 꾹꾹 쑤셔넣었다. 무리하긴 했지만 피어스는 선반에 모두 깨끗이 정리되었다. 피어스를 보고 있으니 아마가 떠올랐다. 아마가 죽고 나서부터였는지, 혀의 통증이 사라졌는데도 나는 더이상 피어스를 확장할 의욕이 생기지 않았다. 좋아해줄 사람도 없는 지금, 내 혀 피어스는 아무런 의미도 갖지 못하는 것일까? 어쩌면 나는 언젠가 아마가 말했던 것처럼, 아마와 같은 기분을 공유하고 싶어서 스플릿 텅을 목표로 했었는지도 모른다. 이제 한 번만 더 확장하면 아마가 메스를 댄 00Ga가 된다. 00Ga가 되면 자르려고 마음먹고 있었는데, 앞으로 한 발짝 남은 지점에서 주체할 수 없을 정도의 열의가 그만 사라져버렸다. 아마도 열의도 사라진 지금, 이 피어스는 대체 무슨 의미를 지니는 것일까? 나는 다시 카운터로 돌아가서 철제 의자에 앉아 멍하니 허공을 바라보았다. 아무것도 할 마음이 없다. 뭔가를 한다는 것에도, 그리고 뭔가가 움직인다는 것에도, 지금의 나는 관심이 없다.

"루이, 네 본명은 뭐야?"

"알고 싶어요?"

"알고 싶으니까 묻지."

"내 루이는 루이뷔통의……"

"진지하게 묻는 거야."

"……나카자와 루이."

"루이라는 게 본명이었구나. 가족은? 부모님은 계셔?"

"다들 내가 고아인 줄 아는 모양이지만 엄마, 아빠 모두 살아 계세요. 지금은 사이타마에 살고 있으려나?"

116

"하, 정말 의원걸? 다음에 인사드리러 가야겠네."

어째서 나는 고아로 보이는 걸까? 양친 모두 건재하고 가족관계도 지금껏 아무 문제 없었는데. 시바 씨는 기분 좋아 보이는 모습으로 선반의 먼지를 털어내고 있었다. 나는 그런 시바 씨를 보며 하루를 보냈다.

다음날, 나는 Desire에 가지 않았다. 경찰서에 갔다. 아침에 전화가 왔었다. 몇 가지 새로운 정보가 들어왔다고 했다. 시바 씨는 가게에 나가야 했기 때문에 나 혼자 가기로 했다. 나는 정성 들여 화장을 하고 아마가 좋아하던 원피스를 입었다. 날씨가 추워 카디건과 코트를 걸쳤다.

"시신의 상처에서 검출된 담배는 모두 말보로 멘솔이었습니다. 현재 타액 감정을 의뢰중입니다. 음부에 삽입되어 있던 것은 미국에서 수입된 Ecstasy라는 향인데, 종류는 무스크입니다."

그런 걸 알려줘서 나보고 어쩌라는 건가. 그런 짜증이 더욱 내 화를 돋우었다. 아마도, 나도, 시바 씨도, 마키도 모두 말보로 멘솔이다. 담배 상표 같은 걸 알아내봤자 털끝만치도 기쁘지 않다.

"향 같은 건 아무 데서나 파는 거잖아요?"

"아, 그건 그렇죠. 하지만 관동 지역에 한정되어 있습니다. ······오늘은 루이 씨에게 몇 가지 묻고 싶은 게 있는데요."

형사의 얼굴이 순간 굳어지는 것이 보였다.

"아마다 씨에게 바이섹슈얼 같은 기미는 없었나요?"

내 분노는 한계에 달했다. 악의가 있어서 물어본 게 아니라는 건 알고 있었지만, 형사의 이 얼굴을 시바 씨한테서 받은 반지로 한 대 갈겨주고 싶었다.

"아마가 강간이라도 당했다는 거예요?"

"······검시할 때부터 알고 있었던 사실입니다만······"

나는 후, 하고 심호흡을 한 뒤, 기억을 더듬었다. 아마와의 섹스는 늘 단조로워서 변태적인 구석은 손톱만큼도 없었고, 거의 매일같이 나와 섹스를 했다. 내 쪽이 따분해질 정도로 단조로웠다. 절대 그럴 리가 없다. 아마가 다른 어떤 남자한테 강간을 당했다는 얘기 따위, 생각하는 것만으로 욕지기가 치민다.

"그런 기색 없었어요. 단언할 수 있어요. 절대 그런 취미를 가졌을 리가 없어요."

경찰들과 마주칠 때마다 그들에게 경멸의 시선을 던지며 경찰서를 나왔다. 그리고 아무 수확도 없었다는 것을 전하기 위해 Desire로 향했다. 아마가 강간을 당했다니, 생각하고 싶지도 않았다. 도저히 말이 안 된다. 아마에게 그런 취미가 있을 리가 없다.

나는 Desire의 문을 열고 카운터 안에서 담배를 피우고 있던 시바 씨에게 희미한 미소를 지어 보였다. 시바 씨에게 아마가 당한 일을 말할 생각은 없었다. 아마의 인상이 더럽혀지는 것은 내 머릿속에서만으로 충분하다.

"수확 없음."

시바 씨는 내 흉내를 내기라도 하듯 희미하게 웃으며 "그래?" 하고 중얼거렸다. 아마가 죽고 나서부터였을까, 시바 씨는 나에게 다정해졌다. 여전히 거친 말투를 쓰긴 했지만, 표정이나 행동 어딘가에서 나름대로 배려나 다정함을 내비치는 일이 잦아졌다. 시바 씨는 나를 안쪽 방으로 데리고 가더니 내가 침대에 눕는 것을 확인한 뒤 가게로 돌아갔다. 잠시 침대에 가만히 누워 있었지만 맨정신엔 잠이 올 것 같지 않아서 몸을 일으켜 냉장고를 열었다. 싸구려 와인을 따서 병째 마셨다. 오랜만에 식욕을 느낀 나는 냉장고에 들어 있던 빵을 뜯어 한 입 먹었다. 이스트 냄새에 속이 울렁거렸다. 빵을 원위치시키고 냉장고 문을 기세 좋게 닫은 뒤, 와인 병을 한 손에 들고 책상 의자에 걸터앉았다. 백에서 화장품 가방을 꺼내 아마에게서 받은, 그의 말에 따르면 '애정의 증표'라고 하는 이빨 두 개를 바라보았다. 손바닥에 올려놓고 이리저리 굴려보았다. 아마가 없어진 지금, 이 두 개의 애정의 증표는 무엇을 의미하는 것일까? 이런 행동을 하는 나는 대체 무얼 바라고 있는 것일까? 아마가 내 손이 닿지 않는 곳으로 가버리고 난 뒤, 나는 이 이빨들을 자주 들여다보게 되었다. 이빨을 화장품 가방에 다시 집어넣을 때마다 조금씩 체념에 가까운 기분이 들었다. 언젠가 이빨을 바라보는 이 습관이 없어지게 되면, 나는 아마를 잊게 되는 걸까? 나는 이빨을 화장품 가방에 다시 집어넣었다. 그때 내 눈에 어떤 물건이 들어왔다. 반쯤 열린 책상 서랍 사이로 보이는 그것은 가늘고 긴 종이팩이었다. 순간적으로 최악의 결말을 예상했다. 내가 손으로 집어올린 물건, 그것은 Ecstasy의 무스크. 나는 일어섰다.

"잠깐 나갔다 올게요."

놀란 얼굴로 "어디 가는데?" 하고 묻는 시바 씨를 돌아보지도 않고 가게를 박차고 나갔다. 아시안 잡화점으로 향했다. 뛰다시피 한 걸음이었다.

숨이 끊어질 듯 Desire로 돌아오자, 시바 씨가 걱정스러운 듯한 얼굴로 내 머리를 어루만졌다.

"어디 갔었던 거야? 걱정했잖아."

"향 사러 갔다 왔어요. 나 무스크 싫어요."

나는 책상에서 무스크 향을 꺼내와 전부 그러모아 손에 쥐고는 팩째로 반으로 꺾어 쓰레기통에 버렸다.

"코코넛 향 사왔어요."

코코넛 향에 불을 붙여 받침대에 꽂았다.

"루이, 무슨 일 있었어?"

"아니요, 아무것도. 맞다! 기즈키, 머리 길러요. 난 긴 머리가 좋더라."

내 말에 시바 씨는 웃었다. 예전 같으면 분명 시끄럽다며 차가운 눈으로 노려보았을 테지.

"그럴까? 가끔은 길러보는 것도 괜찮겠지."

그날, 나는 시바 씨와 함께 집에 돌아와 비록 조금이지만 밥을 먹었다. 속이 울렁거렸지만 시바 씨가 너무 기뻐했기 때문에 토하지 않았다. 침대에서 시바 씨가 잠들 때까지 옆에 누워 있었다. 고요한 어둠 속에서, 나는 머릿속으로 계속해서 욕지기가 날 것 같은 망상을 되풀이하고 있었다. 시바 씨가 아마를 범하면서 목을 조르고 있는 장면이 반복되고 있었다. 그때 아마는 어쩌면 웃고 있지 않았을까? 시바 씨는 울고 있지 않았을까? 별의별 상상을 다 했다. 만에 하나 시바 씨가 범인이라면, 그 순간 시바 씨는 나에게 했던 것보다 훨씬 더 세게 아마의 목을 졸랐을 것이 확실하다. 시바 씨가 고른 숨소리를 내기 시작하자, 나는 거실에서 맥주를 마시며 아마가 준 애정의 증표를 다시 한번 들여다보았다. 나는 현관 옆 수납장을 뒤져 망치를 찾았다. 그리고 두 개의 이빨을 비닐과 타월로 감싸서 망치로 부쉈다. 우두둑 우두둑 하는 둔탁한 소리에 가슴이 떨렸다. 이빨이 완전히 가루가 되자 나는 그것을 입에 털어넣고 맥주로 꿀꺽 삼켰다. 맥주 맛이 났다. 아마의 애정의 증표는 이렇게 내 몸에 녹아들어 내 일부가 되었다.

다음날, 우리는 함께 Desire에 출근해서 가게를 열었다. 나는 아주 조금이지만 시바 씨가 사온 빵을 먹었다. 시바 씨는 그런 나를 만족스러운 듯 바라보았다.

"저기요, 기즈키. 부탁이 있어요."

"뭔데?"

나는 원피스를 벗고 침대에 누웠다.

"정말 괜찮은 거야?"

나는 아무 말 없이 고개를 끄덕였다. 시바 씨가 도구를 손에 들었다. 그렇다. 볼펜 같은 그 도구로 내 등의 용과 기린에게 눈동자를 새겨넣는다. "간다!" 시바 씨의 신호와 함께 내 등에 그리운 감각이 전해졌다. 처음 문신을 새겼을 때, 그때 나는 도대체 뭘 위해 문신을 새기려고 했던 것일까. 하지만 지금 이 문신에는 의미가 있다고 자신한다. 나 자신이 생명을 갖기 위해, 내 용과 기린에게 눈동자를 불어넣는다. 그렇다. 용과 기린과 더불어 나는 생명을 갖는 것이다.

"날아가지 않을까?"

시바 씨는 내 등에 바늘을 꽂으며 말했다.

"날아갈지도……"

나는 키득거리며 시바 씨의 얼굴을 훔쳐보았다. 시바 씨는 더이상 나를 범하지 못할지는 모르지만 분명 나를 소중히 여겨줄 것이다. 괜찮다. 아마를 죽인 것이 시바 씨라 해도, 아마를 범한 것이 시바 씨라 해도, 상관없다. 용과 기린이 눈을 뜨고 거울 너머의 나를 바라보고 있었다.

나는 시바 씨가 가게 문을 닫기 전에 혼자서 먼저 집으로 돌아왔다. 혀의 피어스를 빼고 끝에 남은 살을 덴탈 플로스로 묶어보았다. 실을 꽉 조이자 묵직한 통증이 느껴졌다. 이제 남은 부분은 5밀리미터 정도. 이대로 잘라버릴까 생각하다, 눈썹 가위를 집어 실을 똑, 하고 끊었다. 덴탈 플로스는 튕기듯 풀려나갔고, 통증은 곧 사라졌다. 나는 이걸 바라고 있었던 걸까? 이 볼품없이 뻥 뚫린 구멍을 바라고 있었던 것일까? 혀의 구멍을 거울에 비춰보았다. 살의 단면이 침에 젖어 번들번들 빛나고 있었다.

다음날 아침, 밝은 햇살 속에 눈을 떴다. 심한 갈증이 느껴져 어쩔 수 없이 몸을 일으켜 부엌으로 갔다. 냉장고 안에서 차가운 물을 꺼내 페트병째 들고 마셨다. 혀의 구멍 사이로 물이 빠져나갔다. 마치 몸 속에 강이 생기기라도 한 듯, 시원한 물이 내 몸의 하류로 흘러 떨어지고 있었다.

시바 씨는 느릿느릿 일어나 앉아 거울 앞에 서 있는 나를 신기하다는 듯 바라보며 눈을 비볐다.

"뭐 해?"

"내 몸에 강물이 생겼어요."

"하, 그건 그렇구, 나 좀 이상한 꿈을 꿨어."

"무슨?"

"옛날에 친했던 친구 중에 힙합을 하는 녀석이 있었거든. 꿈속에서 내가 그 친구랑 어딘가 놀러 가기로 했는데, 약속 시간에 굉장히 늦은 거야. 그랬더니 그 친구랑 다른 녀석들이 화가 난 걸 노래로 만들어서 부르는 거 있지? 대여섯 명이서 나를 둘러싸고 노래를 부르는 거야. 그것도 랩으로 화를 내면서 말이야. 정신이 하나도 없더라."

나는 좀처럼 이불에서 나올 생각을 않는 시바 씨를 보면서, 00Ga로 확장하면 강물의 흐름이 더 격해질까, 하고 생각하고 있었다. 햇살이 너무나 눈부셔서 나는 눈을 가늘게 떴다.

옮긴이의 말

저자인 가네하라 히토미는 『뱀에게 피어싱』으로 2003년 27회 스바루 문학상을 수상한 데 이어, 2004년에는 와타야 리사와 함께 130회 아쿠타가와 상을 공동 수상했다. 특히 우리에게도 잘 알려진 심사위원장 무라카미 류가 이 작품을 수상작으로 선정하는 데 전폭적인 지지를 보냈다고 한다. 그러나 『뱀에게 피어싱』의 아쿠타가와 상 수상에 대한 일본 독자들의 반응은 찬반이 엇갈렸다. 충격적인 내용과 적나라한 표현에 혀를 내두르며 아쿠타가와 상의 위상 자체에 의문을 제기하는 사람들도 있었고, 젊은 감성이 살아 숨쉬는 솔직하고 거침없는 내용과 표현에 찬사를 보내는 사람들도 있었다.

나는 어땠는가 하면, 사실 처음에는 전자에 가까웠는지도 모르겠다. 이 책을 읽는 내내 마음이 불편했다. 고문이라도 당하는 기분이었다. 알 수 없는 불안과 긴장, 그리고 뜨겁게 달군 인두로 온몸을 지져대는 듯한 섬뜩섬뜩한 고통이 책을 읽는 내내 나를 괴롭혔다. 아마의 스플릿 텅, 루이의 혀 피어싱과 문신, 시바의 가학적 섹스, 건달에 대한 폭력과 아마의 비참한 죽음…… 이야기의 진행에 따라 증폭되는 불안과 긴장은, 흡사 미스터리 소설과도 같은 마지막 부분에서 '아마를 죽인 범인이 혹시 시바가 아닐까?' 하는 추측을 불러일으키는 충격적 반전에서 정점에 달한다. 그리고 책을 덮을 때까지도 끝내 속 시원한 대답을 찾지 못한 채, 한동안 아무 일도 손에 잡히지 않는 허탈함과 우울증에 시달려야 했다. 그러나 지금 생각해보면, 나는 작가의 의도대로 충실히 반응한 모범적인 독자였던 것이다. 책을 읽어가는 과정에서 내가 느낀 그러한 불편함과 고통이야말로 독자를 쥐고 뒤흔드는 가네하라 히토미의 카리스마이며, 아울러 이 책의 독특한 매력이 아닌가 생각한다.

　『뱀에게 피어싱』은 결국, 한 여자와 두 남자의 이야기이다. 일본에서는 그 세 사람이 엮어내는 이질적인 러브 스토리로 선전되기도 했지만, 개인적으로는 이 작품을 러브 스토리로 보는 데 의문을 가지고 있다. 아무튼 등장인물은 다소 제멋대로인데다 어리광쟁이 같은 면이 있는 주인공 루이와, 그녀에게 스플릿 텅의 계기를 준 어리숙하면서도 다혈질인 아마, 그리고 루이에게 피어스와 문신을 해준 속을 알 수 없는 사디스트 시바, 이 세 사람의 젊은이이다. 질주, 폭주, 막 나감, 방향 없음, 목표 없음, 답 없음…… 이들 세 사람의 삶을 보며 문득 머릿속에 떠오른 단어들이다. 물론 일본의 젊은이들이 전부 루이나 아마, 시바 같을 리는 없다. 이 세 사람의 인물은 일본의 젊은이들 중에서도 상당히 '튀는 편'에 속한다고 할 수 있다.

"이 의미 없는 신체 개조 따위에서 나는 대체 무엇을 찾아내려 하는 것일까?" 작품 속에서 루이는 자문한다. 독자로서 갖게 되는 의문도 바로 그 지점이다. 이들이 원하는 것이 무엇일까? 대체 무엇이 이들을 이렇게까지 극단으로 몰아가는 것일까?

어떻게든 태양의 빛이 와 닿지 않는 언더그라운드의 사람으로 있고 싶다. 아이의 웃음소리나 사랑의 세레나데가 들려

오지 않는 장소는 없는 걸까?

　지금은 아마의 기분을 이해할 수 있다. 나도 지금 내가 겉모습으로 판단되길 바라고 있다. 빛이 들지 않는 장소가 이 세상에 존재하지 않는다면 스스로를 어둠으로 만들어버리는 방법은 없을까 모색하고 있다.

　아무것도 믿을 수 없다. 아무것도 느낄 수 없다. 내가 살아 있다는 사실을 실감할 수 있는 것은 오로지 고통을 느낄 때뿐이다.

　상식을 넘어선 신체 개조를 비롯해서 가학증, 알코올 중독, 자살 충동, 우울증 등 이들의 행위의 동기나 심리를 이해하기 위해 나름대로 의사소통을 시도해보지만 결코 쉽지 않은 일이다. 일인칭 시점이면서도, 아마나 시바의 심리는 물론이고 주인공 루이의 심리를 엿보는 것조차 힘들다. 힌트가 너무 적다. 그러나 이 역시 단 한 번에 만인에게 이해되는 작품은 쓰고 싶지 않다고 말하는 작가의 의도적인 계산으로 보인다. 결국 우리는 다음과 같은 작가의 말에서 인물들의 심리를 엿볼 수 있는 작은 힌트를 얻을 수 있다.

때로 아주 작은 일을 계기로, '이딴 세상에 살고 싶지 않다, 밝음이라고는 손톱만큼도 존재하지 않는 완전한 어둠이 되고 싶다'고 생각할 때가 있어요. 하지만 그렇다고 해서 음울하고 눈에 띄지 않는 존재로 살아가는 건 너무 슬픈 일이고, 그런 인간으로 끝나버리고 싶지는 않아요. 반면에 신체 개조로 무장하면 존재감을 발하는 어둠이 될 수 있지요. 겉모습으로 모든 걸 판단하는 이 세상에 '가까이 오지 마!' 하고 경고할 수 있지요. 또 한 가지, 신체 개조에 끌리는 사람들한테는 자기 몸을 이용해서 '나는 이런 것도 할 수 있다!' 라는 걸 보여주고 싶어하는 심리도 있다고 생각해요.(2003년 스바루 문학상 수상시 인터뷰 중에서)

이제는 비단 일본만의 문제가 아닌 듯하지만, 젊은이들의 타인에 대한 무관심, 타인과의 의사소통의 부재, 내부로의 침잠 등은 일본 사회의 큰 문제로 지적되고 있다. 등장인물들이 보이는 여러 가지 일탈적인 모습들도 그런 사회 문제와 무관하지 않을 것이다. 일례로 위에서 작가가 제시한 '신체 개조'라는 행위 역시, 자아를 외부로부터 분리시키는 견고한 차단막이자 자신을 지키기 위한 하나의 보호막일 수 있다. 신체 개조라는 무장 없이 세상과 소통하는 방법을 그들은 알지 못하는 것이다. 그렇게 자기 안에 갇혀 점점 더 극단으로 치닫는 이들의 모습을 연민과 안타까움의 눈으로 바라보게 되는 것은 이미 내가 젊음이라는 뜨거운 터널을 지나왔음을 의미하는 것일까?

내가 이 소설을 연애소설로 보는 데 동의하지 못하는 것은 루이가 정말로 아마를 사랑한 것인가 하는 의문에 기인한다. 아마가 죽고 난 후 보이는 루이의 절망적인 모습은 생전의 아마를 대하던 태도와 너무 달라서 다소 어리둥절하게 느껴지기도 한다. 그러나 루이가 아마를 사랑했건 안 했건 '자신의 소유물'로 생각했다는 점만은 확실하다. 그리고 그 점은 시바의 경우에도 마찬가지로 보인다. 결국 루이가 자신의 등에 아마의 용과 시바의 기린을 새겨넣는 행위는 아마와 시바에 대한 '소유'를 의미하는 것이 아닌지. 루이는 행여 그 소유물들을 잃게 되지 않을까 두려워하면서 용과 기린에게 눈동자를 부여하지 않는다.

내 등 뒤에서 춤추는 용과 기린은 이제 나를 떠나지 않는다. 서로 배신할 수도, 배신당할 수도 없는 관계. 거울에 비친 그들의 눈동자 없는 얼굴을 보고 있으니 안심이 되었다. 이 녀석들은 눈동자가 없으니 날아가지도 못한다.

그러나 이들에 대한 루이의 소유욕은 단순한 욕정이나 욕망에서 기인하는 것이라기보다, 혼자 되는 것에 대한 두려움에서 기인하는 것으로 보인다. 세상과의 관계를 끊고 어둠의 일부가 되길 꿈꾸지만 실은 완전한 혼자도 되지 못하는 나약함의 표현인 것이다.

내 피와 살이 돼줘. 뭐든 전부, 내가 되면 돼. 뭐든 전부, 내 속에 녹아버리면 돼. 아마 너도, 내 속에 녹아버리면 좋았잖아. 내 속에 들어가 날 사랑하면 좋았잖아. 내 앞에서 사라져버릴 바에야 내가 되어버리면 좋았잖아. 그랬으면 나는 이렇게 외롭지 않았을 텐데.

결국 아마는 죽음이라는 형태로 루이의 곁을 떠났고, 그

녀는 소유물을 잃었다. 그리고 아마를 죽인 범인이 시바일지도 모른다는 가능성은, 남은 시바마저 잃을 수도 있다는 불안감으로 연결되었을 것이다. 그래서 서둘러 시바의 가게에서 그러한 가능성의 상징인 엑스터시 향을 치웠는지도 모른다. 그리고 아마의 '애정의 증표'를 삼켜버림으로써 아마와의 추억을 가슴에 묻고, 비로소 용과 기린에 눈동자를 새겨넣는다. 아마의 죽음으로 인해 용과 기린의 눈동자는 영원한 소유를 보장해주던 주술적 의미를 잃고, 대신 '생명의 상징'으로 그 의미가 전환되는 것이 아닐까.

처음 문신을 새겼을 때, 그때 나는 도대체 뭘 위해 문신을 새기려고 했던 것일까. 하지만 지금 이 문신에는 의미가 있다고 자신한다. 나 자신이 생명을 갖기 위해, 내 용과 기린에게 눈동자를 불어넣는다. 그렇다. 용과 기린과 더불어 나는 생명을 갖는 것이다.

모든 것을 소유한 순간 루이는 삶의 의욕을 잃었었지만, 모든 것을 잃게 될지도 모르는 순간 오히려 삶의 의욕을 되찾았다. 그것은 막다른 길에 처한 루이의 처절한 삶의 몸부

림으로도 볼 수 있지만, 아마의 죽음이라는 깊은 상처가 루이를 성숙하게 만든 것으로도 볼 수 있다.

다음날 아침, 밝은 햇살 속에 눈을 떴다. 심한 갈증이 느껴져 어쩔 수 없이 몸을 일으켜 부엌으로 갔다. 냉장고 안에서 차가운 물을 꺼내 페트병째 들고 마셨다. 혀의 구멍 사이로 물이 빠져나갔다. 마치 몸 속에 강이 생기기라도 한 듯, 시원한 물이 내 몸의 하류로 흘러 떨어지고 있었다.

삶의 의욕을 회복한 그녀는 더이상 빛을 등지지 않고 밝은 아침 햇살 속에 눈을 뜬다. 그리고 루이의 몸 속으로 그녀의 생명수, 강물이 고여간다.

문장은 일상생활 속의 대화를 그대로 옮겨놓은 듯한 구어체를 사용하고 있고, 한 문장, 한 문장의 길이가 상당히 짧다. 과장된 수식이나 군더더기 없이 꼭 필요한 말만 골라 써서 표현이 적확하다. 아마 책을 든 순간 그 이질적인 분위기와 빠른 속도감에 저도 모르게 빨려들어가 '아! 어느새!' 하는 사이에 다 읽고 마는 독자들이 많을 것이다.

가네하라 히토미의 글을 읽는 것은 고통스럽지만 그 고통
은 즐거움이기도 하다. 그녀의 다음 작품들은 또 어떠한 충
격과 고통을 던져줄지 내심 기대하고 있다. 그러고 보면 나
에게도 M의 기질이 있는 모양이다. 한국에도 가네하라 히토
미의 S적인 글들을 문학적, 문화적 열린 감성으로 즐길 수 있
는 M들이 많이 있기를 기대한다.

그런데 과연 시바는 아마를 죽인 범인일까?

2004년 7월 도쿄에서

정유리

지은이 **가네하라 히토미**

1983년 도쿄에서 태어났다. 2003년 『뱀에게 피어싱』으로 스바루 문학상을 수상하고, 2004년 같은 작품으로 아쿠타가와 상을 수상했다. 그후 장편소설 『애시 베이비』『아미빅』『오토픽션』『하이드라』등을 잇따라 발표하며 자신만의 독특한 작품세계를 구축해 나가고 있다.

옮긴이 **정유리**

고려대학교 국어국문학과와 일어일문학과를 졸업했다. 옮긴 책으로 『발로 차주고 싶은 등짝』『애시 베이비』『전차남』『타인의 섹스를 비웃지 마라』『이야기꾼 여자들』등이 있다.

문학동네 세계문학
뱀에게 피어싱

1판 1쇄 2004년 7월 30일 ┃ 1판 22쇄 2024년 11월 1일

지은이 가네하라 히토미 ┃ 옮긴이 정유리
책임편집 차창룡 조연주 이상술
디자인 이승욱 이원경 ┃ 저작권 박지영 형소진 최은진 오서영
마케팅 정민호 서지화 한민아 이민경 왕지경 정경주 김수인 김혜원 김하연 김예진
브랜딩 함유지 함근아 박민재 김희숙 이송이 박다솔 조다현 정승민 배진성
제작 강신은 김동욱 이순호 ┃ 제작처 한영문화사(인쇄) 경일제책사(제본)

펴낸곳 (주)문학동네 ┃ 펴낸이 김소영
출판등록 1993년 10월 22일 제2003-000045호
주소 10881 경기도 파주시 회동길 210
전자우편 editor@munhak.com ┃ 대표전화 031) 955-8888 ┃ 팩스 031) 955-8855
문의전화 031) 955-1927(마케팅) 031) 955-1917(편집)
문학동네카페 http://cafe.naver.com/mhdn
인스타그램 @munhakdongne ┃ 트위터 @munhakdongne
북클럽문학동네 http://bookclubmunhak.com

ISBN 89-8281-854-5 03830

www.munhak.com